Paisagem com Neblina e Buldôzeres ao Fundo

EUSTÁQUIO GOMES

Paisagem com Neblina e Buldôzeres ao Fundo

CROMOS

PAISAGEM COM NEBLINA E BULDÔZERES AO FUNDO

Copyright © 2007 by Eustáquio Gomes

1ª edição – maio de 2007

Distribuição NOVA FRONTEIRA
Rua Bambina, 25 – Botafogo
CEP: 22251-050 – Rio de Janeiro – RJ
Tel.: (21) 2131-1121 – Fax: (21) 2537-2009
www.novafronteira.com.br

A GERAÇÃO EDITORIAL É UM SELO DA EDIOURO PUBLICAÇÕES
GERAÇÃO DE COMUNICAÇÃO INTEGRADA COMERCIAL LTDA.
Rua Major Quedinho, 111 – 20º andar
CEP: 01050-904 – São Paulo – SP
Tel.: (11) 3256-4444 – Fax: (11) 3257-6373
www.geracaoeditorial.com.br

Editor e Publisher
Luiz Fernando Emediato

Diretora Editorial
Fernanda Emediato

Capa, projeto gráfico e diagramação
Alan Maia

Revisão
Hugo Almeida

Dados Internacionais de Catalogação na Publicação (CIP)
(Câmara Brasileira do Livro, SP, Brasil)

Gomes, Eustáquio
Paisagem com neblina e buldôzeres ao fundo /
Eustáquio Gomes. – São Paulo: Geração Editorial, 2007.

ISBN 85-7509-163-8

1. Crônicas brasileiras. 2. Gomes, Eustáquio.
3. Memórias autobiográficas. I. Título.

07-2852   CDD: 869.93

Índices para catálogo sistemático:

1. Crônicas : Literatura brasileira   869.93

2007
Impresso no Brasil
Printed in Brazil

Só o presente existe.

SCHOPENHAUER

Índice

Ao leitor 9

Paisagem com Neblina

Paisagem com neblina 13
O ardil 16
Gião 18
A confissão 21
Teatrinho de nudez 24
Fogo contra fogo 26
Mestre-escola 29
Os paramentos 32
Tarza 35
Negra 37
Balaústre de alabastro 40
Fuga 43
Comunista 46
O visionário 49
Sofia 51
O milagre do vinho 54

Outros Cromos

A lemniscata 59
A leveza do chumbo 62

O livro *65*
O general *68*
Sabiá da madrugada *71*
Pânico *74*
As lebres *77*
O encontro *80*
Uma velha foto *83*
Cartas a minha filha *86*
Carlito *89*
A mãe *92*

Fragmentos de um Romance de Juventude

A corrente da vida *99*
Reveses *102*
Sufoco *106*
Bellini *109*
O blazer *113*
No Mappin *116*
Porcos e javalis *119*
Os casulos *123*
O píer *126*
O estrangeiro *129*
Borrasca *134*

A Viagem de Volta...139

Ao Leitor

Em fins de 2005 fiz uma viagem sentimental ao povoado de minha infância, pondo fim a um distanciamento de quase quatro décadas. Da última vez que lá estivera, meus pais ainda viviam e eram relativamente jovens; mais jovens, ao menos, que a idade que tenho agora. As razões da longa ausência vão explicadas num dos cromos, ou crônicas, que escolhi para este livro. Apareceram originalmente em *Metrópole*, uma pequena revista de província, com a maravilhosa liberdade que essas publicações consentem. Foram escritas para atender, quase sempre, a uma necessidade interior. Reli-as antes da viagem e, na volta, juntei-as esperando encontrar nelas certa congruência. A infância, creio, dá sentido à primeira parte; a segunda é a vida que segue, dispersa, febril, desconexa; na penúltima introduzi capítulos de um livro falhado; e a última parte, a da viagem, retorna ao ponto inicial simulando para o conjunto a configuração de uma lemniscata, ou melhor, do cão que persegue o próprio rabo.

O AUTOR

Paisagem com Neblina

Paisagem com Neblina

Chovia muito no dia em que nosso pai morreu. Para vê-lo morto descemos, meu irmão e eu, ao subsolo do hospital. Era um aposento baixo, quase tão baixo como um porão, as paredes úmidas por causa da chuva incessante. Nosso pai jazia sobre uma maca, coberto só com um lençol branco, e parecia dormir um sono profundo. O nariz tinha ficado mais pontudo, a boca mais compungida. Coitado do velho, disse meu irmão. E nem era tão velho assim, disse eu. Tinha só 64 anos quando morreu. Tinha 46 no dia em que, com uma chuva assim, ele me levou para o colégio de padres. Sempre o associei aos ciclos da chuva e do sol, pois nos grotões onde morávamos era isso que importava. O pai gostava de olhar o céu e calcular o volume d'água que ia cair. Naquele dia caiu água aos jarros, com breves intervalos de estio, mas o céu permaneceu sempre baixo, esfumado e branco. Nossa viagem se dividiu em duas partes: primeiro, um estirão de jardineira até o lugar chamado Estalagem, pouso de tropeiros e mascates, onde agora passava a rodovia que serpeava até Luz e, dizem, ia dar na Bolívia. Parados na beira da estrada, ficamos esperando o ônibus (este sim, de verdade) que nos levaria ao seminário. Quando recomeçou a chover meu pai apontou uns tubulões que jaziam na beira da estrada, deixados ali por operários de obras, e falou para a gente se esconder dentro deles. Escolhemos um com a boca voltada para a rodovia, que era para não sermos surpreendidos pela chegada do ônibus. A chuva engrossou, baixou uma neblina espessa sobre os morros, a estrada era lama só. Achei engraçado meu pai ali comigo, acocorado dentro do tubulão, rindo dele mesmo e da chuva, com uma alegria infantil estampada no rosto comprido. Talvez a alegria viesse de que, caindo a chuva forte e caudalosa lá fora, estávamos ali tão bem protegidos e até com um certo conforto. Era cálida a atmosfera no interior do tubulão. A certa altura ele tirou uma moeda do bolso e voltou-se para mim, Guarda pra dar sorte, disse. Aquilo me desconcertou. Eu sabia que meu pai era incapaz de desperdiçar dinheiro, um centavo que fosse. Depois, era também um homem religioso e no meu entender constituía um erro ele esperar mais de fetiches que da Providência. Mas pensei também que naquela circunstância ele tinha o direito de ser uma pessoa diferente da que era, menos rígida, mais amena. Guardei a moeda em silêncio. Em Luz, depois de me entregar aos padres, ele tomou um quarto de pensão. Como partiria na manhã seguinte, fui autorizado, no fim da tarde, a ir me despedir dele. Encontrei-o lendo um exemplar da Bíblia que encontrou na pensão. O livro estava aberto numa altura que me permitiu calcular que era o Antigo Testamento que ele lia. Preferia-o, de longe, ao Novo. Creio que se identificava mais com as histórias dos velhos profetas, com o dente por dente, ouro por ouro. Ao se despedir de mim, dando-me um abraço desajeitado, um dos poucos que me lembro ter recebido dele, quis saber se havia guardado a moeda. Sim, respondi. Hoje penso nisso e lastimo não ter sido nunca um bom guardador de talismãs. Seja como for, acho que sorte não me faltou. A dele é que poderia ter sido melhor. Quando veio para Campinas, na esteira da grande onda migratória da década de 70, seu mundo virou de cabeça para baixo. Foi como se o tubulão rolasse com ele dentro. Uma coisa é ser roceiro e possuir umas cabeças de vaca. Outra é ser porteiro de hotel. Nos últimos tempos não andava bem. Devia estar sofrendo de alguma doença que o foi consumindo aos poucos, e acho que suspeitava disso, pois logo tratou de comprar um túmulo a prestações. Numas férias do seminário, tendo-me encontrado casualmente com ele no centro da cidade grande, vi-o tomar a direção oposta ao lugar aonde queria ir. Pai, chamei, o caminho é por ali, não por acolá. Ora essa, disse ele batendo a mão na testa e corrigindo a rota no seu passo largo e apressado. No hospital, liberado o corpo, paramos na recepção para apanhar os pertences dele. Chinelos. Pijama. Um pente. Pouca coisa mais. Já íamos saindo quando o funcionário nos chamou de volta: Ah, e tem isso aqui, disse, estava no bolso dele. Era uma moeda. Pequena, humilde, já meio ferrugenta, testemunha silenciosa de sua viagem. A última.

O Ardil

Meu pai era alto, magro, tinha o rosto alongado, os olhos tristes e o humor saturnino. Era mandão, alegre, suave, rude, violento, humilde, carola e blásfemo. Devoto, indiferente, sonhador, cético, generoso e avaro. À noite, depois de chegar da lavoura e se banhar numa bacia esmaltada, mostrando as omoplatas brancas como cera, jantava e ouvia rádio até tarde. De pé na janela, imóvel, ele podia ser visto por quem passava rumo à capela ou à loja de armarinhos pisando macio a rua de areia. Não fossem as emanações da Rádio Tupi que escapavam pelo quadrado da janela e ganhavam o campo, dir-se-ia que estava ali parado sem fazer nada, transformado em estátua de sal. Raramente se voltava para cumprimentar quem quer que fosse. A não ser que o saudassem. Então se via obrigado a responder, com a devida secura, desconcentrando-se a contragosto do programa de serestas (musicões dolentes pontuados por violões e acordeons) conduzido por um locutor de voz cheia e glamurosa cujo nome há muito se perdeu no tempo. Da minha tarimba, separada do resto da sala pelo costado de um armário, eu cismava na obscuridade. Gostava quando o locutor repetia o refrão do programa e se referia à música brasileira como a mais linda do mundo. Sem dificuldade eu me convencia disso e acredito que meu pai também. E havia tremenda verdade humana naqueles nomes que o locutor ia desfiando, como se íntimos dele, e que dedicavam a parentes, conhecidos e amores arremessados a espaços por vezes longínquos canções não menos remotas no tempo. Naqueles dias as relações entre meu pai e eu (cedo ele intuíra os traços de caráter que uniam sua solidão à minha) tinham sofrido um abalo que já durava semanas. Ele, um homem do campo, de repente achou que eu não devia caçar passarinhos, nem mesmo aprisioná-los em gaiolas. Não é certo, disse, são criaturas de Deus. Logo ele que mata porco a facada, murmurei. Mas havia uma explicação lógica para essa nova intransigência, e ele tinha muitas: num almanaque, lera a história de São Francisco de Assis. Como eu teimasse em reincidir, tendo até mesmo faltado uma vez à escola para me embrenhar no mato, meu pai adotou uma atitude fria, indo cortar no pasto uma vara de embira. Mandou arriar as calças. Não me recordo se foram oito ou dez varadas. Mas me lembro que, cheio de ódio, gritei a palavra: Maldito! Aquilo soou para ele como a injúria bíblica. O filho blasfemando contra o pai. Em vez de encolerizar-se, retraiu-se, fulminado. Alguma coisa murchou dentro dele. Creio mesmo que lhe vi uma lágrima saltar do olho. Prontamente me arrependi. Mas já ele, sistemático, me voltava as costas. Grandes distâncias se fizeram entre nós dois, embora, de onde eu estava, na obscuridade da sala, eu pudesse até mesmo ouvir sua respiração. Dia após dia, espessas camadas de sombra caíram entre a tarimba e o rádio. E o silêncio dele era como o de alguém que acrescentasse pás de breu na escuridão. Então escrevi uma carta, curta, sem rodeios, afetiva. Não para ele — para o locutor do programa. Durante uma semana esperei pela resposta, um sinal, uma palavra que fosse. E eu não estava lá na tarimba quando o milagre aconteceu. Estava no quintal, rolando um pneu rasgado. Mas ouvi o alarido vindo da sala, meu pai disparando pelos cômodos, à procura de mãe, com a novidade, a coisa incrível, o não-imaginado. De alegria e espanto, aos berros: Maria, falaram meu nome no rádio! E acordando até os ratos da casa, repetia que tinham falado o nome dele no rádio. Dera-se isto: eu, com meu próprio nome, tinha lhe dedicado a música de seu supremo gosto, uma canção de Cândido das Neves, na voz cósmica de Francisco Alves. Com o que, finalmente, seu coração amoleceu. E, tendo o mundo afirmado sua existência, o grande mundo das ondas hertzianas, meu pai voltou a reconhecer a minha, mais os bodoques, as arapucas e as gaiolas.

Gião

De pé sobre duas tábuas, a dois metros do chão, meu pai pintava a fachada da capela quando chegou o cavaleiro e tocou a aba do chapéu. Trazia uma arma de fogo atravessada no cós. Mestre, disse. A pintura estava apenas no começo, mas meu pai flutuava de feliz: todo o serviço pesado já tinha ficado para trás. Em um mês Galdino levantara as paredes, ripara o telhado, encaixara as telhas, ladrilhara o chão. Também havia construído o torreãozinho externo. Só faltava o sino. Nesse dia Galdino folgou. Meu pai, que tinha arrecadado o dinheiro, contratado a obra e tocado o serviço com uma paixão bíblica, resolveu aplicar ele mesmo a primeira demão de tinta. Mestre Zé, repetiu o homem sem descer do cavalo. Meu pai não podia ser levado na conta de mestre, mas alguns rudimentos o punham na circunstância de ler o capítulo do Evangelho na missa, conduzir os trabalhos marianos e redigir a ata, no que às vezes contava com minha ajuda. Sem interromper o trabalho, mandou Gião apear (Se apeie, Gião, que isto aqui é a casa de Deus). Gião apeou, benzeu-se meio que dobrando o joelho direito. Prendeu as rédeas num tronco de árvore e esperou com o chapéu entre as mãos. É que, gaguejou, o senhor deve conhecer, isto é, deve saber me aconselhar. O cavalo escoiceou a terra. Diga logo, Gião. Meu pai era homem de idéias fixas. Com o tempo uma obsessão podia prescrever outra, mas logo era substituída por uma terceira. Como da vez em que se arvorou em aplicador de injeções. Fazia grandes distâncias a cavalo, com a sua maletinha de vacinas, espalhando pânico por onde passava, enquanto a lavoura ficava no mato. Minha mãe desesperançava. Meu pai acocorou-se no andaime: Como é, Gião? Espigado, alto, escuro, intenso, Gião amarfanhou o chapéu e desfiou um discurso nervoso cujo propósito era revelar, por meias palavras, que uma de suas filhas tinha sido desonrada. Qual delas?, meu pai quis saber. A mais nova, Gião disse e engoliu em seco. E agora eu quero saber o seguinte, mestre Zé: se caso os dois ou se mato o cabra. Depois da fase das injeções meu pai experimentara uma espécie de crise religiosa positiva. Primeiro lhe ocorreu construir um cemitério novo em cima do velho, com um muro de alvenaria no lugar dos monturos de pedra derruída. Mais tarde veio a capela e, por fim, na esteira da laicização imposta pelo Concílio Vaticano II, a idéia quixotesca de tornar-se diácono. Mas isto ainda pertencia ao futuro e, em todo caso, minha mãe invocou seu dever primeiro para com os filhos menores. O próprio padre, que vinha uma vez por mês, cuidou de demovê-lo. Gião esperava. Se é de-menor tem de casar, disse meu pai, onde o safado? Gião: Fugiu mas sei pra onde. Meu pai: E quem é o desinfeliz? Palpando o cabo de madrepérola, o negro respirou fundo antes de pronunciar o nome: Galdino. Apanhado de surpresa, o olhar de meu pai perdeu-se nas alturas, seguindo a elipse de um urubu em queda livre. Lia-se sofrimento no rosto dele, a mandíbula saltada. Depois ponderou: Matar não, Gião, porque não resolve. Se matar, nunca mais que vai poder casar os dois, e depois, quem ia terminar a casa de Deus? Traga o cabra e a menina, eu mando chamar o padre e a polícia. Gião ouviu calado. Não tenho dúvidas de que meu pai gostaria de ter celebrado pessoalmente aquela união. Estimava Galdino e conhecia os ritos. Havia dentro dele, sufocada, uma alma eclesiástica. Isso explica por que um ano depois fui parar no seminário. Estou certo de que nunca experimentou desapontamento igual ao do dia em que anunciei que abandonava o claustro para voltar à vida civil. Foi como se partisse em mil pedaços o seu espelho interior. Mas também isto pertence ao futuro. Nesse dia meu pai ouvia o negro dizer que ia trazer, sim, o *animal* de manhã bem cedo, nem que fosse amarrado. Faça isso, respondeu meu pai. No dia seguinte vimos o cavalo de Gião abrir caminho entre o povo, e Gião no alto, ancho, sério, concentrado. A seu lado trotava um tordilho com Galdino enganchado no arreio, cabisbaixo, assustado, mudo. Atrás, miúda, vexada, consumida, a noiva.

A Confissão

Minha mãe se exasperou quando meu pai se impôs a missão de reconstruir a capela. E a lavoura? A lavoura segue dando flor, ele disse. E se entregou de corpo e alma, naqueles tempos de vaticana reforma, à tarefa de arrecadar fundos para comprar tijolo, telha, ripa, cimento, cal, pedra, madeirame, uma laje de mármore para o altar, bancos, um sino novo e até a paramentagem para quando, uma vez por mês, viesse o padre. As pessoas davam o que podiam, meu pai sonhava alto, na sua cabeça era certo que faria soar os sinos de uma catedral, mesmo que somente no seu íntimo. As paredes começaram a subir, o andaime foi montado, nós esperávamos a noite para escalar as tábuas e descortinar o casario embrulhado na sombra com seus cubos de luz por onde vazava a claridade amarelada dos lampiões e o halo escuro das lamparinas. Do rés do chão alguém desafiou meu irmão menor a saltar para a terra. Era coisa de três metros e meio, mas parecia mais. Disseram: Se pular, ganha um canivete. Meu irmão hesitou, sentiu medo e finalmente jogou-se no vazio. Caiu sobre as quatro patas, como um gato, e não se aprumou imediatamente. Depois os pés começaram a inchar e minha mãe, ralhosa, passou a noite preparando escalda-pés com salmoura e ungüentos. Eu estava assustado, era um dos que o tinham encorajado a saltar. Ele vai morrer? perguntei. Morrer não, disse a mãe, mas pode ficar sem os pés. Sarou logo e as paredes terminaram de subir, foram rebocadas e ganharam duas mãos de cal, sob o teto de duas águas. As telhas luziam de novas. Uma cruz foi afixada no alto. Um domingo chegou o sino e meu pai, para provar o som, aplicou nela uma vigorosa badalada. Juntou gente. Às pressas improvisaram uma torre do lado de fora, espécie de jirau para pendurar o sino. Mas o que nos encantou mesmo foi o confessionário, semelhante a uma latrina de quintal mas muito mais bonito, a madeira trabalhada e uma portinhola treliçada e protegida por uma cortininha preta. Entrei e mandei que Telma se ajoelhasse do lado de fora. Conta seus pecados, eu disse. Tenho pecado nenhum não, respondeu. Eu sabia que tinha. De noite, em torno das paredes da capela, ela se deixava bolinar pelos meninos. No dia em que veio Padre Luizinho, pequeno, magro, jovenzito, eu me escondi entre a parede e o verniz da madeira para ver se ela contava tudo. Contou que tinha faltado à aula e roubado ovo de galinha. Mais nada. Minha irmã Teresa contou que tinha xingado nosso pai pelas costas. Preferiu ocultar que botara fogo num rancho de sapé semanas antes. E tive de rir baixinho quando Zico gaguejou numa tropelia de fonemas: Matei passarinho com bodoque. Eu sabia que tinha mais coisas. Desse dia em diante passei a achar que a culpa geral era maior. Por azar, fui descoberto. Houve confusão. Lá fora, as diversas pessoas me apertaram, o que tinha escutado, o que sabia. Nada, eu respondia. Então o quê? Rezava. Ach, conta outra, moleque. Padre Luizinho, avisado, abandonou seu posto de escuta e me arrastou para o próprio campo do delito: Venha confessar. Comecei por negar o crime, mas quando senti que da portinhola soprava um ar de benignidade, me abri. Fez ou não fez? Sim senhor, fiz. E por que mentiu? Prometi guardar segredo, eu disse. Notei interesse em Padre Luizinho. Por que guardar segredo de uma mentira, ele perguntou. É que prometi guardar segredo dos pecados, repeti. Guardar segredo dos seus pecados, voltou a perguntar. Não, dos pecados dos outros, sublimei mentindo ainda. Notei o riso silencioso dele por trás do cortinado. Voltou à carga: porque eu achava que devia guardar segredo? Por acaso eu era padre? Era a armadilha, o estratagema, a ocasião de me safar. Respondi: Não, mas pode ser que um dia seja. Contente com isso, e achando que tinha descoberto uma vocação, uma jóia rara no socavão da Serra da Corda, me absolveu daquele e de outros pecados que nem me passara pela cabeça confessar. Meu pai, ao tomar conhecimento do sucedido, viu naquilo um sinal de unção. Me perdoou de tudo. Mandou fazer para mim um terninho de brim-cáqui, e em dois meses eu estava no seminário. Não desconfiava, no seu fervor, que tudo o que eu almejava era saber o que Telma sentia e se estava arrependida do que fez. Não estava.

Teatrinho de Nudez

Que espécie de bicho é uma mulher nua? Como é, de fato e à vera, uma fêmea sem plumas? De repente aquilo passou a ser muito importante para nós. Havia um grave déficit em nosso conhecimento do mundo. As informações eram desencontradas, as descrições, suspeitas. Doca tinha visto uma prima lavar-se no córrego, mas era incapaz de dar detalhes: o posto de observação um abacateiro longínquo. A mãe de Lúcio despira a blusa bem na sua frente, sem que fosse visto, mas aquilo era pouco, e na opinião de Jonas, abominável. Mãe não vale. Nem irmã, disse Lucas, que tinha várias. Uma delas, Telma, tinha-se deixado bolinar atrás da capela, numa noite escura em que estavam lá vários meninos. Lucas não sabia disso. Mas nudez mesmo, só o fulgor das coxas alvas. Claro que havia um que outro catecismo de Zéfiro, impressionante antídoto ao verdadeiro catecismo, o de dona Maria Abadia, mas aquilo era papel e não carne. Circulavam, surradíssimos, entre os moços solteiros que por vezes nos permitiam dar uma olhada rápida. Davam-nos febre. Não sei como se urdiu em mim a idéia do espetáculo de nudez, se de uma vez, ao sopro da leitura de Alencar (que descoberta!), ou se contemporânea à expedição ao bosquinho de pés-de-embira, nos baixos da capela, onde abrimos uma clareira, e nela, o espaço mágico para um lugar de maravilhas. Para cantar e dançar, eu disse. Em seguida: Não, para uma peça com índios. E logo, numa iluminação: Vamos encenar Iracema. Foi agradável descobrir que, aberta a clareira, o bosquinho fazia curvar amorosamente suas copas e liames sobre a terra fofa, dando à sombra uma intimidade de alcova e um aconchego de dossel. Entre as forquilhas estendemos caules flexíveis e sobre eles, ao longo e ao largo, folhas de buriti. Ao rés do chão, tábuas sobre pedras chatas trazidas da beira do riacho: o auditório. Sob o teto de clorofila, o excitante odor de resina. No entretempo, minhas mãos sujas de seiva tinham preparado uma espécie de texto, uns quantos diálogos e uma dança indígena sacrílega e sensual. Os atores, escolhidos a dedo, vinham ver o espaço sagrado e pasmavam. Havia uma vibração no ar, uma atmosfera de pecado e de tácita concordância. Aquilo afinal não era outra coisa senão arte. Durante os ensaios, eu passeava autoritário a minha borduna, um feixe de plumas em torno da cintura, um cocar na cabeça. Vexadas de início, as nativas logo ganharam em vivacidade, graça, dolência, soltura e leveza. Os preparativos, febris, foram encurtados pela ansiedade. No dia da estréia soubemos que o segredo, o pacto de silêncio que havíamos selado, tinha-se rompido em algum ponto. No povoado comentava-se a coisa com ar de mistério. Isto explica o público que cedo tomou os lugares e desbordou para as *galerias* entre os arbustos. Dois lampiões iluminavam a cena. O espetáculo principiou, vacilou um instante mas ganhou logo impulso com o diálogo entre os guerreiros. Tupã deu à grande nação tabajara toda esta terra, disse o guerreiro-chefe. O gavião paira nos ares, respondeu o guerreiro moço. Iracema!, bradou o guerreiro-chefe. Aplausos. Deu-se então o inesperado, o mágico, o miraculoso. Iracema, a virgem dos lábios de mel, irrompeu no palco. Telma em carne e osso. Nada de plumas, penas, tanga. Nada. Nua. Completamente nua. As pernas longas, lisas, terminavam no triângulo escuro, púbere, selvagem. O umbigo uma flor dilacerada contrastando com os seios pequenos. Mas o conjunto, no todo, era harmonioso. A platéia, passado o momento de espanto, reagiu com instinto animal. Os guerreiros se congelaram no centro da cena. Gritos, assobios, até palavrões ouvi. E viu-se quando, de um salto, Lucas avançou para o proscênio e baixou o pano, que era um lençol corrido de uma ponta a outra. E depois, pelos fundos, matagal adentro, arrastou Telma para casa, onde ele e o pai, segundo se soube, a cobriram de pancadas.

Fogo Contra Fogo

Meus irmãos desbastavam um acre de samambaias. Cedo ainda cheguei com as marmitas. Foi quando o cachorro deu o alarme. Tanto latiu na boca de um buraco de tatu que alguma coisa se irritou lá dentro. Meus irmãos sitiaram o buraco, esperando apoiados no cabo de suas enxadas. De repente a coisa emergiu como um foguete do interior do buraco e grudou com raiva no focinho do cachorro. Um ouriço. O cachorro ganiu e rolou morro abaixo com o ouriço preso nas fuças. Rolando e solidamente cravado na cara do cachorro, o ouriço não emitia som algum. Cuidado com os espinhos!, gritou Zezé. Sai daí, Ostaque!, ouvi Amador berrar. Corri para o topo do morro enquanto eles desciam ladeira abaixo atrás do bolo que parecia um bicho só, horrendo, cachorro e ouriço. De longe, trêmulo, fiquei vendo o desenrolar da tragédia, o cachorro ganindo, o ouriço aferrado às fuças do cachorro, o cavalo nervoso, penachos de fumaça na lonjura das serras, meus irmãos entrando e saindo do interior das samambaias para não perderem de vista cachorro e ouriço. Depois veio o golpe certeiro que Amador desfechou no ouriço, com o olho da enxada, arriscando-se a matar também o cachorro. Este foi se refugiar, sangrando, na sombra de uma árvore. Puseram o ouriço morto num saco de aniagem, ajeitaram o saco no arreio e mandaram que fosse mostrar no povoado. Montei e parti, a alma em alvoroço, eleito portador da espantosa novidade. Um ouriço! Lá chegando, vieram me dizer: dois cachorros-do-mato. Tinham aparecido no pasto atrás do cemitério e um deles fora abatido. Mas antes de cair morto ele e sua companheira deram cabo, sozinhos, de meia dúzia de cachorros caseiros. Agora o cachorro-do-mato jazia ao pé de uma gameleira, monstruoso, estranho, com uma pelagem áspera e brilhante que não parecia de cachorro. Naquele clima de exaltação o ouriço perdeu toda a importância. Só alguns meninos fizeram caso dele, mas logo voltaram à gameleira. Depois meus irmãos chegaram dizendo que tinham visto hordas de bichos em marcha de fuga na mata. Uns cruzavam a estrada indo em direção ao rio Estalagem, outros tomavam o rumo das lavouras. Mas principalmente trouxeram a notícia do incêndio na mata. Ao escurecer, todos viram o clarão que vinha dos lados de Estrela. Para avaliar o risco subimos ao topo do morro da Carlota. De lá se podia ver uma linha vermelha correndo toda a barra do horizonte, sinistra, bela, excitante. Já rompia os descampados da fazenda Canoas, onde nasci. Vinha comendo tudo. Nosso pai mandou juntar homens. Vieram de todos os lados. Correram em grupos na direção do fogo, uns na frente, outros atrás, e outros ainda se aviando para sair. A meia distância o fogo era como um regimento que avançava. Podia-se ouvir a crepitação do mato ao arder, a respiração sufocada da terra. O aceiro! o aceiro!, gritavam. Botando abaixo tufos de capim colonião, começaram a abrir uma comprida clareira entre a mata e a tulha. Aquilo era o aceiro. A casa de sapé ficava mais afastada, mas também corria perigo. Trabalharam firme durante horas dominados por uma animação guerreira, até que a clareira ficou como uma estrada que não ia dar em lugar nenhum. Depois, cansados, escuros e alegres lavaram-se na bica e subiram rindo para o terreiro onde o café em grãos estava posto para secar. Estenderam esteiras no chão e começaram a jogar baralho enquanto esperavam. Surgiu a Lua, mas seu brilho era obliterado pela fumaça que saturava o ar. A coluna de fogo avançava. Nosso pai coçava o queixo. Mandou ver se o Rossio está na cocheira. Estava. E as galinhas? Estavam. E os porcos? Também. Bandos de maitacas passaram berrando. Maitacas à noite? Na distância vimos um cavalo ruço rompendo em disparada, solitário, vindo sabe-se lá de onde. Será que o fogo salta o valado? É o que vamos ver, disse nosso pai. De repente o fogo estava do lado de cá do valado. Já comia o capim colonião que vinha dar nos acres de nosso pai. Foi dado o sinal: O contrafogo, depressa! Saíram todos correndo outra vez como quem parte para uma prova de obstáculos, com tochas na mão. Meteram fogo no capim em diversos pontos. Só retornaram quando havia segurança de que o fogo avançava na direção da coluna invasora. E ficaram à espreita do encontro dos fogos. Quando isso aconteceu, o estralejar foi tremendo, as labaredas ganharam altura, era como uma luta de titãs, um emaranhado de braços, parecia que o mundo seria engolfado naquilo. Tive medo, mais medo do que sentira com o ouriço. Tive até amor pelo ouriço, coitado, abatido e morto. Repentinamente, quando a batalha parecia mais bruta, a crepitação começou a diminuir, a minguar, desfazendo-se em chuvas de labaredas sobre o borralho do chão. Era como se o próprio fogo caísse morto. Está recuando, disse nosso pai. E pensei que se pudesse fazer recuar também o dia, o pequeno ouriço ainda estaria vivo para ver a beleza daquilo.

Mestre-escola

Você é um menino esquisito, disse meu padrinho Otávio, não sei o que dar de presente a você. Toma, vai gastar como quiser. Era o dia de meus oito anos. As três notas graúdas davam para comprar duas canetas-tinteiro, talvez uma camisa de flanela ou quem sabe um par de chuteiras. Mas eu era mesmo um menino esquisito. Na bazar, entre as tralhas recém-chegadas da cidade, havia um objeto fascinante. Era um lampiãozinho a querosene de vidro bojudo, estopa branquinha e alça niquelada. Seu Juarez o tinha colocado no mostruário uma semana antes. Só havia um exemplar e eu sentia raiva só de pensar que alguém pudesse comprá-lo antes de mim. Indaguei o preço. O dinheiro dava e sobrava. Mas ao baixar a belezura do gancho, seu Juarez vacilou: Pra que diabo você quer um lampião? Aquilo não era brincar com fogo? E havia muita choça por ali. Pra alumiar, seu Juarez, eu disse. A resposta simples pareceu convencê-lo. Eu tinha fama de gostar de ler. Em meu imaginário o pequeno lampião seria um fetiche contra o reino das trevas. As trevas eram espessas no povoado. Não conhecíamos a eletricidade. E por trás da escuridão havia uma outra, a das trevas que acompanhavam as aparições, e ainda uma outra, mais densa ainda, a da pobreza dos caboclos. Mas agora meu lampiãozinho fazia jorrar golfadas de luz, clareando os cantos da casa, as saias das goiabeiras e o oco das árvores. Se calhasse, clareava até buraco de tatu. Por que não haveria de iluminar, como a lanterna de Diógenes, nossos neurônios adormecidos? Tomado de entusiasmo e despertado pela luz que jorrava do meu lampião, resolvi me tornar mestre-escola. As pessoas acharam graça, mas ninguém criou empecilho. Tarciso Nunes, o professor, cedeu-me uma sala no grupo escolar, à noite. Espalhou-se a notícia. Começaram as aulas. Os caboclos chegavam munidos de caderninhos baratos e lápis roídos, tomados de empréstimo aos filhos, muitos deles colegas meus de classe. Entravam circunspectos, embora à socapa rissem daquele garoto franzino que chegava compenetrado com o seu facho de luz na mão direita e a cartilha na outra. Eu ajeitava o lampião sobre uma carteira central, para que todos recebessem a mesma cota de luz, e regulava a chama com seriedade. Esses gestos preparatórios eram o emblema de minha autoridade. Terminada a aula, eu fazia na companhia deles o caminho de volta para casa, onde a mãe me esperava com um prato de sopa quente. Deixavam-me à porta, cumprimentavam minha mãe e seguiam adiante. Seus cadernos iam se enchendo de garranchos, contas, frases do tipo Dalila mora na Vila Diva. Um ou outro se orgulhava de já saber a tabuada. E eu estava prestes a estabelecer uma reputação (quem sabe um destino) quando um incidente aconteceu. Certa noite chegou um estudante novo, um colhedor de café que se gabava de já saber ler. Mas escrever, mesmo, ainda não. Nesse dia mesmo pediu-me que lhe sobrescritasse uma carta — uma carta dirigida a um antigo patrão dele. Cobrava uma dívida antiga. Mas talvez quisesse antes testar meus conhecimentos. Na altura do Ilustríssimo Senhor, que grafei com letra bem torneada, ele fez uma careta de espanto e triunfo maligno. Em primeiro lugar, disse, não quero dar ao fedaputa o tratamento de ilustríssimo; segundo, ilustríssimo não é assim que se escreve. Pensei que se referisse à maneira abreviada como se escreve a palavra. Mas claro, eu disse, o senhor também pode escrever assim: *Ilmo*. Fica até mais fácil. Ele entortou ainda mais a boca: Nada disso. Ilustríssimo se escreve com *éle* dobrado. Assim, ó: *Illustríssimo*. O professorzinho não sabia, é? Seria inútil argumentar que o *illustríssimo* pertencia a uma grafia do passado, morta na revisão ortográfica de 1943, mas isso eu ignorava.

O colhedor de café não voltou mais. Aquilo me arrasou. Vi a cizânia se espalhar no trigo ainda verde. Vislumbrei nos olhos de meus alunos a chispa da desconfiança. Em sonho, via a classe rindo de mim, o menino do lampião que cometia barbarismos e posava de mestre. Magoei-me. Hesitava no momento de entrar na sala, já não regulava com tanto amor a chama do lampiãozinho. Numa palavra: perdi o gosto. Hoje, quando me perguntam por que me tornei jornalista e não professor, é esta a história que emerge do fundo de minhas conjeturas, que são sempre feitas de lembranças, raramente de reflexões. Não sou muito bom para pensar. Mas também a memória às vezes falha inexplicavelmente, como quando me pergunto qual foi o destino daquele pequeno lampião, se o aposentei, se o joguei fora, se partiu-se ao cair da mesa. Tinha curiosidade de ver se, como a lâmpada de Diógenes, ainda era capaz de iluminar qualquer coisa. Treva para dissipar é o que não falta.

Os Paramentos

As mulheres vieram para a Missa do Galo, limpas, asseadas, de longe. Uma delas disse que de Estrela, Indaiá abaixo, em oco de canoa. Os homens acharam graça. O Indaiá é acidentado, cheio de pedras, raso aqui, estreito lá. Mesmo assim quiseram saber onde a canoa e o canoeiro. Ao ouvir isso uma delas disparou a rir e apertou a bochecha do negro Tião. Vestiam saias rodadas e cheiravam a leite-de-rosas. Eram duas. A mais nova ajeitou o cabelo ao entrar no boteco. Os homens tinham acabado de chegar da igreja. Alguns tinham ajudado a lavar as escadas. A outra entrou em seguida, séria, com uma bolsa branca debaixo do braço. Quando elas entraram a atmosfera carregou-se de eletricidade. Os homens trocaram olhares. Em seguida a porta foi baixada de um golpe e depois presa com um gancho. Que é isso, gente? — a mais velha. Embora fosse dia a escuridão lá dentro era quase completa. Acenderam a estopa de um candeeiro. Fora, o tempo estava fechado. Tinha chovido desde a madrugada e ainda continuava chovendo. Os homens rodearam as mulheres e começaram a falar baixinho no ouvido delas. Ofereceram conhaque, elas aceitaram. Um deles, o mais alto, aliciava: Então cês... A mais nova ria fácil, os dentes pequenos como um colar de pérolas. A outra dava arrulhos e pedia calma, gente. Ofendeu-se quando alguém beliscou-a por trás, sobre os panos. Deu um salto e repreendeu a mais nova por deixar que lhe erguessem a saia. Não desse jeito, protestou. Devagar que o santo é de barro, disse a mais nova. A outra foi para trás do balcão e abriu a bolsa. Estipulou o preço. Os homens buscaram a claridade para contar dinheiro. Sacavam dos bolsos o que tinham, tudo dinheiro embolado e miúdo, uns tinham menos que outros mas no fim elas ficaram contentes com a soma. Receberam o dinheiro, que a mais velha guardou na bolsa e correu o fecho. Chamou a mais nova e disse que iam se trocar atrás da coluna de caixas de cerveja. Era onde eu me achava acocorado. Quando elas surgiram entre os engradados e a árvore de Natal, estremeci. Vi quando a mais velha baixou a saia e depois a anágua. As coxas reluziram refletidas nas bolas de celulóide. Os seios da mais nova eram pequenos e pontudos. Quando a mão da mais nova coruscou minha cabeça e ela deu um grito, achando que tinha tocado um bicho peludo, saltei para o meio do salão. Ai Jesus, ralhou a mais velha. Criança aqui não pode não. Quem deixou esse inocentinho entrar? Inocente coisa nenhuma, alguém disse, esse aí é o Tatá. Os homens mostraram aborrecimento: Cai fora, Tatá, porra! Subiram meia porta e me empurraram para a rua. Às minhas costas ouvi baixarem novamente a porta. Andei às tontas, afundando os pés em poças d'água e nem me importando. Me distanciei do povoado e ganhei o campo. Vaguei umas três horas e quando escureceu, não percebi. O tempo não tinha importância. Nada tinha importância. Noite cerrada caminhei de volta para casa. Do alto dos telhados partiam as linhas de bandeirolas que estavam ali desde a festa da padroeira, drapejando ao vento. Perto do portão soou o sino da igreja, fanhoso porque o bronze estava rachado. Nesse momento vi o grupo de mulheres vindo em minha direção. Eram umas oito ou nove. Uma delas trazia uma criança de colo. As outras traziam a si mesmas. Ô menino!, gritaram. Espera aí, menino! Tinham a expressão pesada de quem aguarda a confirmação de uma grande, irreparável desgraça. Não fizeram rodeios: queriam saber quem tinha estado lá, no interior do boteco, com as mulheres da vida. Queriam saber se seus machos tinham estado lá. E ao dizer isso mordiam os lábios de impaciência. Neguei que soubesse. Sabe sim, disseram. Sei não, disse. Cê estava lá, insistiram. Já disse que não sei!, repeli. O sino ainda repicava quando, num impulso, passei por elas abrindo caminho com espadanadas de cadeiras. As últimas verberações do sino perdiam-se ao longe no instante em que cruzei a soleira da porta de casa e a mãe fechou-a com estrondo. Já sabia de tudo. Vieram bater mas ela se recusou a abrir. No quarto o pai me esperava com a cinta de couro fora das calças, mas a mãe, cheia de autoridade, mandou-o deixar de besteira e aprontar-se logo para a chegada do padre. Os paramentos, que tinham chegado logo de manhã, já estavam dobrados sobre a cômoda, passados a ferro e brilhando na sua beleza quase insuportável. Vistos de olhos assim semicerrados, eram como as portas do Céu com suas faustosas abas largas e eu tive medo de que estivessem fechadas para mim per omnia saecula saeculorum.

Tarza

Chegou pela manhã com a sua maleta de madeira. No meio do círculo, os bíceps distendidos, dizia se chamar Tarza. Dentro, enrodilhada, a cobra. A farmacopéia numa maleta à parte. Vou soltar a cobra! Vou soltar a cobra!, berrava e ameaçava abrir a caixa. Dávamos corridinhas medrosas, andávamos de fasto, voltávamos envergonhados sob o desdém dos que não tinham arredado pé. Isto se repetiu uma porção de vezes, sempre com o mesmo efeito perverso. Mas a cobra nunca apareceu. Talvez não houvesse cobra. O que ele queria mesmo era vender os remédios. Este aqui é para estancar sangria, uma gotinha e o sangue coagula na hora! Tarza passeou o vidrinho com a tinta verde diante de trinta narizes crédulos. Anunciou que ia fazer uma demonstração. Houve caretas quando ele puxou a gilete de uma gavetinha da caixa. Os que não gostavam de ver sangue deviam se afastar, disse. As moças esconderam o rosto com as mãos e ele gracejou com elas. Era um homem de barba desalinhada mas tinha bons dentes. Tirou a camisa, retesou o músculo e fez um pequeno corte no antebraço direito. Exibiu a trilha de sangue e em seguida limpou-a com um pano não muito limpo. Aplicou o ungüento e contou um minuto. Depois mostrou o braço a todo mundo, principalmente às moças. Nem sinal do corte. Todos os que tinham dinheiro compraram um vidrinho, às vezes mais de um, e saíram satisfeitos e muito prosas por terem presenciado o espetáculo. À noite improvisaram uma cantoria em homenagem a Tarza em nossa casa. Espalharam bancos debaixo do caramanchão e meu pai serviu conhaque e cachaça.

Tarza demonstrou ser um bom bebedor. Tocava violão razoavelmente e fez dueto com meu irmão mais velho. Falou das cidades, vilas e fazendas por onde tinha andado, a tal ponto que já havia esquecido o nome de muitas, tantas eram. Narrou casos espantosos e aventuras de prender o fôlego. As pessoas consideraram um privilégio poder ouvir tudo aquilo. Tarza foi dormir coberto de glória. No dia seguinte teve início uma murmuração sobre onde e com quem ele tinha dormido. Posso garantir que em nossa casa não foi. Mas o fato é que acordou demasiado risonho para ter dormido sozinho. Era o que se dizia e ele mesmo propalava em silêncio, mas rindo. Além disso não parava de beber e começou a dizer que o povo do lugar era pascóvio. Meu pai disse que talvez fôssemos mesmo, por acreditar no poder daqueles ungüentos. Isto incendiou a raiva das pessoas e a suspeita se alastrou junto com a vergonha. Valdecir, acarinhando o cabo da peixeira, falou em desonra. Mais tarde um menino veio avisar que Tarza tinha trepado na torre da capela e fazia um discurso lá do alto. Todo mundo correu para ver. O mascate havia subido na torre com a ajuda de uns tambores. Era uma torre de madeira muito baixinha, levantada do lado de fora da capela. Gesticulava lá de cima e estava agora falando bem do povoado e de seus moradores. Desce daí, disseram. Desço nada, respondeu. Essa madeira tá podre, desce. Se estivesse podre não agüentava esse baita sino, respondeu. E deu uma badalada no sino. O som viajou longe, rachado, e fez muitas cabeças se levantarem, cismadas, de seus lerdos afazeres. Muita gente saiu para fora dos botecos, de copo na mão. Desgraçado, disse Valdecir, vamos arrancar esse cabra de lá. E subiram e fizeram baixar o poderoso Tarza, que nem mesmo reagiu. No chão deram-lhe com os pés, os punhos e um pedaço de pau. Depois o amarraram num antigo cruzeiro sem braços. Sangrava na cabeça e no ombro direito. Zombando dele, fizeram-lhe a barba de um lado só com a ajuda de um canivete cego. Quando começou a chover, e choveu forte durante duas horas, deixaram-no estendido na porta da igreja e foram para casa. Quando anoiteceu, ele tinha ido embora. Para trás, como um rastro de estrelas no céu despejado e claro, tinham ficado, mortas, as histórias dos lugares fantásticos que jamais conheceríamos.

Negra

Tínhamos visto a negra a distância. Levava o que parecia ser uma vara de pesca. Ia pelo atalho do açude. Vínhamos pela estrada e tínhamos parado para vê-la: Donga, o negro Tião e meu primo Nelson. Atrás vinham os homens a cavalo com o carregamento de mandiocas. Eu vinha mais atrás ainda. O pasto era plano até certo ponto, depois descambava na direção do açude. Até onde era plano, estava coalhado de poças d'água. Tinha chovido de madrugada. O céu se abria e o açude, lá embaixo, faiscava ao sol. Nelson queria ter certeza de que a negra era a Antônia. Virou-se para Donga e para o negro Tião. Tinha pousado no chão a sacola com as ferramentas. Os dois homens a cavalo esperavam. Donga disse que era impossível saber, por causa da distância. Nelson gabava-se de ter vista boa. Eu esperei sentado numa pedra, olhando para as mãos enormes de Nelson e para os buracos na sua cara, que eram buracos de varíola. Conheço aquele vestido de chita, disse Nelson, é ela. Claro que é, repetiu negro Tião. Donga duvidou, como podiam ter certeza? Conheço uma mulé pela retaguarda, disse Tião, e aquela retaguarda nós conhece de longe, hein, hein, Nerso. Um dos cavalos escoiceou o chão. Nelson disse que, na dúvida, o jeito era ir lá conferir. Donga, mais velho, encrespou-se: Nada disso. Uai!, estranhou Tião. E meu primo, meio que palitando os dentes: Acho a idéia do crioulo boa, sócio. Donga, contrariado, fez que não ouviu. Só subiu a vista para Tião e lembrou sua condição de empregado. Meu primo fez ver ao sócio que, empregado de um, empregado dos dois. Ao que Donga, aborrecido, rosnou: Bom, cês são livres. No cruzamento da estrada com o atalho deu-se uma nova discussão, agora por minha causa. Donga disse que nesse caso tomava a trilha para o povoado e queria o menino com ele. O menino era eu. Primo discordou. A mãe dele não vai gostar disso, resmungou Donga. Isso é assunto de família, respondeu Nelson. Pode ser, mas ocê não vê o mal que faz ao menino? Problema meu, disse Nelson. Os homens a cavalo guardavam distância, olhando o pasto e o ponto do atalho onde a moça ia. Donga virou as costas e, sem falar mais nada, retirou-se. Então abandonamos a estrada e entramos no campo, evitando as poças. A negra tinha se distanciado, mas nós apressamos o passo e a alcançamos perto do banco de argila. Meu primo ia na frente. A negra olhou para trás, assustada. Meu primo riu para ela, o beiço esticado. Disse que estávamos espantados por ela não ser a Antônia. Não era a Antônia. Vou pescar, ela explicou de um jeito infantil. Era pequena e feia. Tinha a cara gorduchinha e buracos de varíola como os de Nelson, só que menores. Voltou a dizer que ia pescar. Ao que Tião arreganhou os dentes: Então a gente vamos pescar com ocê, disse. Ela apressou o passo, desconfiada. Perguntou onde tínhamos deixado as varas. Os homens riram juntos, estavam todos excitados e aí vi quando os dois peões desceram dos estribos e um deles adiantou-se e exibiu sua vara, isto é, a própria cana. Então tudo se precipitou. Negro Tião, Nelson e os dois homens avançaram. A moça protestou mais com os olhos que com a boca. Logo a levantaram no ar, como um santo no andor, e correram com ela pelo pasto. Patinaram perigosamente no banco de argila, subiram, desceram, pararam do outro lado, no meio da vegetação. Meu primo foi o primeiro a desaparecer no mato. Reconheci de longe suas pernas brancas. Ele ficou lá algum tempo e depois os outros fizeram o mesmo. Mais tarde, quando já subíamos a trilha, vi a negra sentada no capim, a cabeça entre os joelhos. Chorava. Só depois começou a catar suas coisas do chão. Agora estávamos todos muito sérios e andávamos mais depressa que de hábito. Na estrada, meu primo disse que não valia a pena ficarmos tão impressionados com o que tinha acontecido. Foi aí, penso, que negro Tião lhe perguntou se ele achava que aquilo era mais sério que atirar num cachorro. O pai dele tinha atirado num cachorro. Nelson respondeu que para ele todas as coisas se equivaliam, isto é, valiam pouco menos que nada.

Balaústre de Alabastro

No seminário, disputávamos a beleza das palavras. Dalmo há muito tinha opinião formada: a mais bonita é *Pindorama*. Tiãozinho discordava: Isso é tupi, não português. Nenhuma palavra se compara ao advérbio *ainda*. E chamava a atenção para a beleza do hiato entre o "a" e o "i", seguindo-se uma sílaba nasalada que descaía num "da" lindamente dentalizado. Admirei a sabedoria de meu conterrâneo, invejei-a mesmo. Dias depois descobri a palavra *balaústre*. Achei que rivalizava com qualquer outra. Quase ao mesmo tempo topei com *alabastro*. Houve uma corrida ao dicionário. Logo vieram com reparos. Balaústre vem do italiano e alabastro é grego. Não me incomodei. Como os brasileiros não têm língua própria, era natural que vivêssemos de palavras emprestadas. E prometi a mim mesmo escrever algum dia um romance, um conto que fosse, juntando estas duas palavras de beleza marmórea: "Balaústre de alabastro". No refeitório havia um mezanino com um balcão de capitéis que podia passar por balaustrada, ainda que não de alabastro, mas de madeira. Dava numa escadinha e depois no sótão, onde havia reuniões clandestinas e "sessões de cinema". Lucas tinha inventado um projetor com uma caixa de sapatos dentro da qual luzia uma lâmpada de 3 volts. De uma fenda aberta na parte frontal da caixa saía um feixe de luz que se expandia contra a parede. Com paciência e método Lucas fazia correr pela fenda uma fina fita de papel celofane de onde saltavam animais, caçadores e anjos protetores das florestas. Tudo feito por ele. Víamos genialidade em Lucas e uma vez o defini com uma palavra rara, que ele achou feia: Lucas, você é um *demiurgo*. Louvei suas invenções no jornalzinho interno, editado e impresso às expensas do padre reitor, comparando Lucas aos irmãos Lumière. No mesmo artigo fiz praça de uma descoberta minha (eu havia sido apresentado à poesia livre e estava fascinado), botando Manuel Bandeira e Drummond só um pouquinho abaixo de Deus, para profundo desgosto de Dom Belchior, o bispo-poeta que no ano santo de 1966 continuava perfeitamente parnasiano. Eles desconhecem o ritmo, a rima e maltratam a sintaxe, dizia o bispo referindo-se aos modernistas de 22. A rígida disciplina que éramos obrigados a cumprir (o padre reitor tinha sido capelão numa unidade militar) não era muito propícia a fantasias e invenções. Com freqüência éramos despertados às cinco da manhã para "enrijecer a moral e os músculos" na água gelada da piscina. Isto se chama *estoicismo*, eu dizia a um Dalmo transido de frio, buscando atenuar o flagelo com a ajuda da etimologia. Vem do grego, mas pode ser provado em qualquer língua. Lucas, franzino, sempre dava parte de gripado para escapar dessas sessões de tortura. A verdade é que não sabia nadar e tinha pavor de água. Uma manhã, prevenido, o padre o forçou a vestir o calção de banho. Mandou-o começar pela parte rasa da piscina. Lucas obedeceu e avançou sem piar, mas usando um cauteloso andar de menina. Houve risos e o padre se esmerou em fazer notar essa particularidade. Levem ele mais para o fundo. Isso. Escoltado por dois alunos maiores, na verdade arrastado pelos cotovelos, Lucas resistia e lançava olhares súplices em nossa direção. Nada podíamos fazer. Uma vez pediu que tivessem dó dele, que não o levassem longe demais ("aqui já está bom", disse, aumentando o humor geral), mas não foi atendido. Chorou quando a linha d'água lhe bateu no peito. Quando atingiu o queixo ele entrou em pânico e começou a se debater como peixe no anzol. A escolta recebeu ordem de afundar sua cabeça dez vezes, para assim ele perder o medo. No vestiário, trêmulos e embrulhados nas toalhas que nossas mães tinham bordado para nós, antes de nossa partida de casa, ouvi Dalmo escandir a palavra *covardia*. A palavra se espalhou como rastilho e não demorou a chegar aos ouvidos da autoridade (do latim *auctoritate*, aquele que tudo pode). A autoridade, furiosa, mandou reunir todo mundo no pátio e quis saber, olho no olho, quem tinha murmurado a tal palavra — "covardia", "covarde" ou equivalente. Primeiro houve um grande silêncio. Mas a seguir vimos Dalmo, de peito levantado, dar um passo adiante: Eu, senhor padre reitor. Levou um tapão que o fez rodopiar no pátio. A autoridade perguntou quem mais tinha pronunciado a maldita palavra. Ninguém se apresentou. Mas ele estava bem informado e ordenou, berrando um nome após outro, quatro ao todo, que os assim nomeados se colocassem fora da fila. E fomos todos estapeados ali mesmo, entre lágrimas e ranger de dentes, em nome do *caráter* e do princípio da *hierarquia*, duas esplêndidas palavras de raiz grega, embora não tão bonitas quanto alabastro e balaústre.

Fuga

Era assim: tínhamos prometido nossos corpos a Cristo, mas nossas almas se recusavam a obedecer. Ou eram os corpos que se rebelavam? Difícil saber. Durante a procissão da Paixão, por exemplo, aquelas vozes ciciantes ao nosso lado: Meninos bonitinhos, esses, pena que não podem casar. Duas gazelas de ombros nus, taludas de coxa, mais altas que nós. Saias curtas. Pedro mandou não olhar. Pouco antes tínhamos vestido nossas negras batinas e colocado por cima nossas alvas sobrepelizes. Éramos mais de uma centena no salão e falávamos muito, como para compensar o silêncio que deveríamos guardar durante a procissão e depois na Catedral. Todos paramentados, dir-se-ia uma praia carregada de pingüins. Quando escorremos para a rua, em fila dupla, foi uma sensação. Na procissão, um espetáculo. O loirinho não tem cara de padre, disse a de cabelo fulvo. O outro menos ainda, disse a morena, referindo-se a mim. Alguns acompanhavam o bispo e o Senhor Morto, outros vinham a seguir com os turíbulos espargindo fumaça olorosa. Finalmente nós, com as matracas, íamos mais atrás espalhados ao longo da grande corrente humana, encerrados nela, avançando ou retraindo conforme a necessidade. Não olhe, disse Pedro agitando a sua matraca. Não sei se vou agüentar, respondi espancando fortemente a minha. Pedro quis saber se eram bonitas. Revirei os olhos. A matraca era uma tábua com uma haste de ferro presa nas laterais. Conforme era agitada, a haste girava sobre si mesma e batia contra a tábua, fazendo um magnífico barulho tatalado. Uma matraca já era o bastante para chamar a atenção de muita gente. Dez matracas acordariam uma multidão. Quarenta matracas compunham uma bateria de gala, se bem que sinistra, pois com o Senhor morto seu papel era substituir a garrulice das campainhas. Não olhe, disse Pedro. A certa altura fomos deixando correr a procissão, andando mais devagar que ela e ficando para trás. Era como num filme, porque às vezes eu e Pedro nos sentíamos dentro de um. Os fiéis passavam por nós cantando e respondendo às rezas, e nós ali, retardando o passo. E não fazíamos isso por acaso ou capricho, mas porque as garotas, mais vagarosas ainda, tinham-se posto à margem da procissão e deixavam-se ficar também para trás, ladinas. E quando chegaram ao fim descolaram-se da procissão e entraram no campo, rindo e lançando olhares furtivos em nossa direção, como para nos atrair. Puxei Pedro pela gola e sem que a procissão se apercebesse, ou como se fôssemos invisíveis, também nos separamos da onda humana e logo nos vimos no meio do campo. Corriam em direção ao rio, rindo muito. A meia distância víamos as duas saltando valas, mostrando a carne tenra e depois desaparecendo na vegetação. Nossa tensão aumentava. Correndo também, nossas batinas enfunavam ao vento. Pedro tinha-se rendido às evidências, aonde elas vão, afinal? Pouco importa, eu disse, só o que não podemos agora é recuar. Para estabelecer com elas uma espécie de comunicação, de vez em quando agitávamos nossas matracas. Elas acenavam e riam, mas continuavam a correr, a fugir. A perseguição durou talvez meia hora. Depois as perdemos de vista. Mas quando subimos de volta à cidade, cansados, e encontramos as ruas vazias, ainda tornamos a vê-las num relance. Terminavam de cruzar a praça e seguiam em direção à Catedral. Quase as alcançamos numa porta lateral da igreja, mas elas entraram antes e se misturaram aos fiéis. Quanto a nós, ficamos ainda um tempo lá fora nos recompondo e catando carrapichos de nossas sobrepelizes. Não dizíamos nada e nem era o caso, pois há momentos em que o silêncio vale mais. Notei que a sobrepeliz de Pedro estava rasgada no ombro direito, mas me calei também sobre isso. Depois entramos e nos esgueiramos entre os altos pilares da catedral, repleta de gente àquela altura, caminhando devagar até o renque de bancos onde estavam os nossos. Reincorporados, começamos imediatamente a cantar e a rezar. Alguns olharam para nós sem compreender, outros talvez tenham compreendido. Mas não fomos delatados. E à noite, quando por fim pasmamos de nossa audácia, firmamos o pacto de deixar em aberto, como uma cortina corrida, todo o largo horizonte de nosso sonho.

Comunista

Num dia de abril que também era o da mentira, tornei-me comunista. No refeitório, ao me ouvir declarar que não tinha vontade de rezar por revolução nenhuma, contrariando uma ordem que vinha do alto, Ademir me indigitou: Comunista! Aquilo soou esquisito, mas não me desagradou. Eu tinha ouvido dizer que os comunistas, embora fossem ateus e fechassem as igrejas, queriam justiça social. Havia uma certa nobreza naquilo e coragem também. E eu estava cansado de amealhar indulgências para escapar do inferno. Por isso, com raiva, resolvi chutar o balde para ver no que dava: Comunista, sim senhor! Pois eu sou comunista! Pálido, Ademir prometeu levar o assunto ao padre reitor. Aquilo me deixou furioso. E quando ele gritou comigo e me chamou "herege" e "comedor de criancinha", não suportei a afronta e atirei-lhe uma colherada de feijão. Os companheiros de mesa silenciaram com um misto de assombro e admiração. Comunista! Pois sim, eu seria comunista! E ele, um dedo-duro, que levasse a informação ao padre reitor. Ora, o reitor tinha sido capelão do exército em Juiz de Fora. Por isso, no dia em que estourou a notícia do golpe militar, naquele primeiro de abril de 1964, ficara eufórico. Mandou reunir todo mundo na capela e, diante de noventa rostos atônitos, disse que o general Mourão Filho havia sido tocado pela mão de Deus. Neste momento ele marcha com suas tropas para o Rio de Janeiro, falou, vamos fazer uma vigília pelo sucesso da Revolução. Cancelou as aulas daquele dia e mandou a gente se espalhar pelo pátio, em grupos de seis ou sete, com o rosário na mão. Começamos a rezar com fervor e pavor, mais assustados que felizes, pois havia o fantasma da guerra civil. Enquanto isso o reitor mantinha-se encastelado em seu gabinete, de ouvido colada no rádio. Vez em quando vinha até o pátio para ver se as orações estavam bem encaminhadas. Aproveitava para nos pôr a par dos acontecimentos. O general tinha acabado de atravessar a ponte sobre o rio Paraibuna. Dali fizera um discurso candente que reboou pelo país, fazendo tremer as pernas do governo comunista. Mesmo temerosos, nós nos torcíamos de comoção. Mas depois enjoei. Alguma coisa me incitou a nadar contra a corrente. Não queria mais participar de vigília nenhuma. Então, graças à provocação de Ademir, me tornei comunista. De devoto da Virgem passei a discípulo de Stálin, um homem que sempre me metera medo. No pátio, minhas orelhas pegavam fogo. A notícia tinha se espalhado e já havia quem gritasse às minhas costas: Comunista! De repente me vi sozinho. Descobri que ser comunista não era fácil. Exigia um ato de fé sobre-humana. Parecia que eu tinha mudado de religião e agora professava uma crença com dogmas, ritos e profecias de outra ordem. Quando soou a sineta, soube que a denúncia se consumara. Esperei com angústia a convocação do padre. Demorou. Achei que a demora fazia parte do castigo que me seria aplicado. Na verdade eu já ansiava por isso, pois estava de coração doído. Me lembrava das palavras da Virgem às pastorinhas de Fátima, Rezem pelas conversão da Rússia, e sentia que tinha traído a confiança dos Céus. Que estúpido! Sem poder esperar mais, entrei de peito aberto no gabinete da autoridade. Recebeu-me sério, mas achei que ria por detrás da mão em concha: Que história é essa de comunista? E como eu não respondia nada, acrescentou: Logo você, um dos prediletos de Nossa Senhora! Aquilo me atingiu. Caí num choro convulso. Não sou mais, não sou mais, eu disse, chorando aos borbotões. Embora no fundo de mim uma voz autônoma ainda teimasse em sussurrar, que covardia, covarde, que covardia, deixei de supetão a sala do padre e corri para a capela. Me ajoelhei diante da

Virgem. Falei com ela como alguém fala a um amor injuriado: Deixei você, mas por pouco tempo: voltei. Fiz as contas: eu tinha sido comunista do meio-dia às três da tarde, isto é, por cento e oitenta minutos. Não era muito. Se preciso, estava disposto a carregar o estigma de meu passado marxista como outros carregam um talismã pagão no pescoço. Ela seria capaz de me perdoar? E ao voltar os olhos para cima, para o lindo rosto dela, que sempre me causava uma certa perturbação, achei que tinha uma expressão ligeiramente galhofeira, e que também lutava para segurar o riso.

O *Visionário*

Uma tarde espalhou-se que Tiãozinho havia tido uma visão. Primeiro a notícia correu entre os inspetores de classe, à boca pequena, depois entre nós, a escumalha. Em seguida atravessou o portão do pátio e ganhou a rua, isto é, a cidade, o mundo. No pátio, nas classes e no dormitório, não se falava de outra coisa. Onde? Como? Na mangueira, acima daquele galho maior. A santa estava de pé ou sentada? Pairava acima do galho, flutuava. Figura branca envolta em nimbada nuvem? Reluzente túnica cinza-clara com rendilhado em azul. Assim Tiãozinho a tinha descrito a um inspetor e este ao padre reitor. Somente uma frase ela havia dito: Eu sou a rainha da paz. O resto Tiãozinho intuiu, como se ela falasse para dentro dele: pedia a paz entre os povos e a conversão das nações, a começar pela China, porque a Rússia já estava a caminho de se converter. Era o tempo da Guerra dos Seis Dias. O colégio em peso pendia para o lado judeu, porque era o povo de Deus contra a horda muçulmana. O rádio prenunciava o Armagedom. Numa preleção o padre reitor referiu os três segredos de Fátima, o terceiro dos quais teria feito desmaiar o Papa em plena capela Sistina. Porventura profetizava uma guerra universal mais terrível que todas, talvez a última. Vivíamos em estado de terror. Fui chamado à sala do padre. A razão estava em que, sendo o Tiãozinho conterrâneo meu, achavam que eu podia ser útil no ajuizar sua sanidade. Além disso eu estava sempre com ele. Tão próximo que me senti traído pela notícia avassaladora. O Tiãozinho nada me dissera sobre o aparecimento da santa. No time da escola, eu era o ponta-esquerda e ele o centroavante. Tínhamos uma jogada mortal: eu disparava até a linha de fundo e cruzava rasteiro, para trás, pegando os zagueiros no contrapé. Ele vinha pelo meio, em velocidade, e arrematava. E nem era muito piedoso na capela. Às vezes deixava de comungar porque não se havia confessado, sinal de pecado feio. E agora isto: o Tiãozinho com fama de visionário e, portanto, de taumaturgo. Cruzei com ele na escada que terminava no escritório onde agora se dava o inquérito. Tinha acabado de vir de lá. Cabisbaixo. Aterrado. Vão te fazer perguntas, disse. Que quer que eu diga? Que estava comigo, que também viu a santa. O apanhei pelo braço: Não viu nada, não é? Baixou ainda mais a cabeça: Não, não vi. E por que mentiu? Por que inventou uma coisa dessas? Não sabia responder. Disse que de repente sua cabeça ficou zonza, começou a rodar, sentiu-se inebriado, felicíssimo, e teve a premonição de ser uma pessoa que podia interessar a humanidade inteira, e mais interessante que ter visto a Virgem, impossível. Além disso, Nossa Senhora era tão bonita. Tantas noites pensando nela. Se alguma vez duvidara da existência de Deus (persignou-se ao dizer isto), da mãe d'Ele jamais duvidou nem por um instante. Tudo muito confuso. E depois aquela guerra no Oriente, a aproximação do fim do mundo... Deixei-o ao pé da escada. Diante do padre reitor, botei a coisa em pratos limpos. Sem piedade, destruí a lenda. Tiãozinho tinha visto apenas uma nuvem, eu disse. Por ser muito devoto da Virgem, imaginou que era capaz de fazê-la aparecer acima do galho da mangueira. Nada aconteceu, é claro, mas então o Tiãozinho já estava dominado pela certeza de que a veria. E, não a vendo, foi como se perdesse uma coisa vital. Então, para não se sentir muito triste nem humilhado, decidiu vê-la. O reitor ouviu em silêncio, não sem surpresa, e mandou que eu chamasse o inspetor que primeiro ouvira a confidência. E então deu-se isto: fez-se o desmentido em todos os quadrantes. O objetivo era arrefecer o ânimo dos que já investiam no fenômeno. Embora algumas mulheres ainda continuassem, por um tempo, vindo até o portão, trazendo crianças de colo com algum tipo de sortilégio ou doença, o caso foi sendo esquecido aos poucos. Depois vieram as férias. No reinício das aulas, Tiãozinho não voltou.

Sofia

Devo confessar um crime cometido aos doze anos. Um furto. Hoje penso que se até Santo Agostinho admitiu ter roubado umas coisinhas, o que não o impediu de se tornar um dos grandes da grei, não creio que haja grandeza em ocultar que naquela altura furtei um livro da biblioteca do seminário. Acresce que não era um livro qualquer. Era um clássico, um ícone, um romance pelo qual estava apaixonado e continuo a estar ainda hoje: o *Quincas Borba* de Machado de Assis. Tanto o li, reli, tresli, que acabei tantalizado; a ponto de exorbitar de minhas responsabilidades e, uma noite, vestir a capa de ladrão. Embuçado, enquanto o prédio dormia, tomei o rumo da biblioteca e girei a chave do armário. Um inspetor cruzou as sombras do pátio: Quem é? O bibliotecário, respondi. A essa hora? Botar ordem nas estantes, tornei a responder. Não me denunciou. Era véspera das férias de dezembro e no dia seguinte estaríamos todos em casa. Ao fazer as malas, não pude resistir: escondi o livro na dobra de um lençol. Era um daqueles volumes da antiga edição Garnier, carunchado em seus ph e y, mas com o encanto de ter sido impresso quando o autor ainda era vivo. Estava lá a data, 1902. O próprio Machado podia tê-lo tocado com as mãos. E se meu assunto fosse a cleptomania e não o livro, deveria acrescentar que enquanto eu metia na mala a história de Rubião e Sofia, outros amealhavam quilos de borrachas escolares e dúzias de penas de caneta-tinteiro. Naquela atmosfera de rígida moral cristã, o furto era uma instituição salutar.

No que me tocava, o Quincas estava no *index prohibitorum* da escola, de modo que eu, bibliotecário nomeado, mantinha-o fechado a quatro chaves no gavetão dos interditos, os chamados livros profanos. Só o retirava de lá para meu secreto usufruto. Agora, merecidamente, tomava posse dele. E se minhas orelhas queimavam no ônibus, a caminho do povoado, não era ainda pelo delito. Era pelos ombros de Sofia, a deleitável mulher do Palha, que acabaria por enlouquecer Rubião. Creio que foi Sofia quem pôs a perder minha promissora carreira de diácono, em cujo horizonte talvez pintassem as cores rubras de um arcebispado ou, quem sabe, o carmesim do cardinalato. Mas, sinceramente, já me contentaria com um bispado. Entre o bispado e Sofia, deixei-me levar pela profanação. Nem bispado nem Sofia. Anos depois escrevi uma história a respeito desse furto e inscrevi-a num concurso patrocinado por um banco. No conto eu dizia do arrependimento que se seguiu e de como, anonimamente, devolvi o livro pelo correio. Era meu último ano no claustro. Acreditava purgar assim minha falta, mas não me livrei de seus efeitos implícitos, pequenas advertências que o tempo foi colocando no meu caminho, sinais advindos de um mundo fetichizado e punitivo: a) a moça que protocolou o conto no tal concurso chamava-se Sofia; b) no ato de inscrição, cada concorrente tinha direito a um brinde — um livro de bolso com a logomarca do banco na capa; o livro era o *Quincas Borba*; c) no dia de meus dezenove anos, chegou a minhas mãos um embrulho com dois livros, presente de um amigo: num volume, a edição definitiva do *Quincas*, de 1891, a que chegou a nossos dias; no outro, sua primeira versão, publicada em folhetim na revista *A Estação*, de 15 de junho de 1886 a 15 de setembro de 1891. Depois namorei e casei. Que ela se chamasse Vera era uma verdade tranqüilizadora. Dos fatos pregressos que um vai contando ao outro a conta-gotas, antes de tudo ou quase tudo fundir-se num rio de histórias geminadas, deixei prudentemente de incluir Sofia. Quando chegou o momento de juntar num só ninho os pertences (poucos) de um e outro, descobri os livros. Éramos ainda duas crianças. Tenho uns livros, ela disse. Interessei-me: Deixa ver. Havia uma coleção de ensaios morais do padre Charboneau, que um vendedor lhe tinha empurrado no escritório em que trabalhava, alguns volumes sobre culinária, um dicionário e uma série de romances ilustrados com a efígie do autor gravada em relevo na capa dura. Reconheci o velho Machado. Abri a esmo um dos volumes, li: "Ao vencedor, as batatas! exclamou Rubião quando deu com os olhos na rua, sem noite, sem água, beijada do sol". Páginas atrás, uma ilustração mostrava Rubião ajudando Sofia a saltar de um tílburi. Fechei o livro e estudei a lombada para constatar que não sonhava.

O Milagre do Vinho

Combinou-se que nas férias eu ajudaria Padre Luizinho na paróquia de Santa Rosa da Serra. A casa paroquial vivia cheia de fiéis do belo sexo, como se dizia. Vinham em busca de orientação para a vida. A vida era o namoro, o noivado e os limites da intimidade. Por vezes ficavam para jantar. Um dia entrou uma mocinha que não queria outra coisa senão uma preleção sobre o beijo. Padre Luizinho levantou-se da mesa (jantávamos na companhia de duas paroquianas) e colocou na eletrola um disquinho que justamente falava do assunto, e era incrível como ele tinha provisão pedagógica para tudo. Durante quatro semanas fui dormir inebriado por aquelas emanações feminis. Estando ali para me instruir sobre o mister do sacerdócio, instruía-me também sobre suavíssimas fragrâncias sabendo que, ao cabo, elas me seriam negadas em troca do cheiro de incenso. Nessa noite, depois que o disco terminou de chiar na ranhura e a mocinha já se havia incorporado ao ágape, arrulhante como uma pomba, outra conviva, que me recordo se chamar Maria, propôs que o padre a hipnotizasse. Era conhecido seu talento para o mesmerismo e vez por outra promovia exibições públicas para demonstrar a fraudulência das incorporações espíritas. Dizia-se que era também capaz de fazer regressões de cura psicológica e uma vez fizera levitar, adormecida, uma senhora que não dormia há meses. Como o padre em geral se negasse às demonstrações particulares, Maria insistiu em que pelo menos transformasse em vinho a água que ela tomava. Por algum motivo ele aquiesceu, está bem, disse, o que você está bebendo não é água, Maria, mas vinho da mais pura parreira, o teor de álcool não é alto, mas vai deixar você ligeiramente embriagada, um, dois, três, pronto, beba vinho, Maria. Maria tomou um gole, depois outro, fingiu-se de bêbada e deu a impressão de que com ela a coisa não funcionaria. Só mais tarde, quando padre Luizinho trauteava uma canção e recolhia os pratos, é que Maria, fixando o relógio na parede, tentou levantar-se e tropeçou na própria cadeira. Ora veja, disse o padre amparando-a, pois ao deslizar para um lado Maria trouxe a toalha junto e por pouco a louça não vai ao chão. Meu Deus, estou bêbada, ela disse e caminhou trôpega para a porta. Não sei como vou entrar em casa, uma fera, meu pai. Padre Luizinho sorriu e chamou-a de volta. Pousou-lhe a mão direita sobre o cacho de cabelos louros, disse: Maria, olhe para mim. Um, dois, três. Pronto, você está sóbria novamente. Maria vacilou, piscou os olhos e voltou a si: É verdade, não estou mais bêbada, como fez isso? Como ele fazia aquilo permaneceria um mistério para nós, mas não para ela. Meses depois, já de volta ao internato, ouvi que o bispo andava furioso com um panfleto anônimo que desancava com o celibato sob os pontos de vista filosófico, biológico, intelectual, moral e religioso. Era de supor-se que por trás do anonimato se escondia um autor de batina e sobrepeliz, ou, como se chegou a especular, uma grei de jovens padres sequiosos. No dia em que, para nos instruir contra o mal, o padre reitor leu para nós algumas passagens da bárbara catilinária, pareceu-me reconhecer o timbre e a voz de padre Luizinho. Mas tive a prudência de me calar. Algum tempo depois, soubemos que pedira dispensa das ordens. Roma à época estava facilitando as coisas para baixar a pressão do caldeirão anticelibatário. Casou-se em seguida. Tempos depois, já adulto, avistei-o numa feira de livros. Passeava entre os mostruários e puxava um menino pela mão. Não se lembrou de mim prontamente. Mas, tendo vindo juntar-se a ele sua companheira, surgida de trás de uma barragem de lombadas, apresentou-me sem constrangimento: "Um contemporâneo". Reconheci Maria e seus cachos louros, se bem que os tinha cortado rentes e matizado de um suave gris.

Outros Cromos

A Lemniscata

Sentado à mesa da cozinha (uma mesa oval, de madeira crua), sem obrigações pela frente, sem vontade de ler, escrever, ouvir música ou ver televisão, me ponho a rabiscar repetidamente numa folha de caderno o mesmo desenho, um laço de fita, na verdade o número 8 deitado.

Não ponho consciência nem propósito no que faço, mas vagamente me lembro de que aquele traço tem um nome (lemniscata) e uma definição que se pode ler no dicionário: "Lugar geométrico dos pontos de um plano cujas distâncias a dois pontos fixos desse plano são constantes".

Recordo: Guimarães Rosa fechou o *Grande sertão: veredas* com o coleio gráfico de uma lemniscata. E Vladimir Nabokov menciona-a de passagem num dos verbetes de *Fogo pálido*. Por que tal obsessão por um simples grafismo? Por causa do fascínio de sua órbita interminável. Não tendo fim, figura o infinito.

Não penso nisso neste momento, apenas reconheço no movimento de minha mão um daqueles momentos em que, sem causa aparente, cai o vazio sobre nós. É a *nausée* de Sartre, a *noia* de Moravia, o *spleen* de Baudelaire. Antes que isto se transforme em tédio e depois em melancolia, e depois sabe-se lá em quê, salto para o pátio e dali para a rua. Erro pelo bairro bem uma hora, talvez mais, parando aqui e ali para apaziguar uns estranhos pensamentos que me tomam. Poucos desconfiam, mas sou rapaz de natureza hiperbólica. O sol pálido de maio colabora para esse estado de espírito, apesar de não haver, nessa tarde, uma única nuvem no céu. Há, sim, glicínias sobre alguns muros.

Dou por mim numa rua estreita de casario baixo, com telhados de outros tempos, em parte banhados pelo sol, em parte mergulhados na sombra. Creio que é a Rua Ferreira Penteado, em Campinas. Paro diante de um portão enegrecido por décadas de fuligem, atraído pelo desenho de seu treliçado de ferro. Isto me assombra: as barras oxidadas formam, no centro, uma lemniscata.

Intrigado, puxo a trava e o portão se abre sem um ruído. Subo uma escadinha de cimento, empurro uma porta e entro. Vejo um salão, um aposento grande, maior do que a casa permitia imaginar, vista da rua. Há lá dentro uma gente austera, alguns rostos se voltam para mim, embora minha presença não surpreenda ninguém. Velam um morto. O caixão brilha à luz difusa de um lustre central. As labaredas de duas velas tiram revérberos das cantoneiras de metal. Me aproximo para ver o cadáver e estremeço ao notar a semelhança que o morto tem comigo. Das linhas dos zigomas ao cabelo comprido com uma franja na testa, passando pela assimetria das almofadas nasais (um desvio de septo que o morto tampouco teve o cuidado de corrigir), uma cicatriz acima da sobrancelha esquerda (resultado de uma queda durante um misterioso desmaio) e a idade de uns vinte anos redondos não parecem deixar muitas dúvidas: ou se trata de um êmulo meu, vindo da tal dimensão onde dizem viver os duplos de cada um, ou sou eu mesmo que está ali, esticado, lavado e pronto para a maior das viagens.

Cuido de ordenar minhas idéias indagando pela identidade do morto. Meu nome é pronunciado com espantosa clareza. Dita num tom apressado e natural, quase com indiferença, a resposta parte de uma anciã de idade indefinida. Fixo nela um olhar que deve traduzir toda a minha dor de cadáver recente.

— Quem, a senhora disse?
— Eustáquio Gomes, ela diz.

Morto, então, eu? Ora, eu não me sinto nem um pouco apartado do mundo material. Me vejo, antes, no interior de um conto sinistro, uma história de Poe. Em pouco meu espanto se transmuta em picante curiosidade.

— Se este aí sou eu, então a morte não existe.

A mulher reclina o rosto sobre o próprio ombro, como quando se fala a uma criança pequena, e responde com voz de falsete:

— Claro que não existe.

Penso no professor Aécio Pereira Chagas, químico respeitadíssimo, que certa vez me assegurou que a morte não existe, e penso também num médico que em outra ocasião me garantiu a mesma coisa. Então eles tinham razão. Sou tomado de uma alegria doida e desço a escada aos saltos, misturando-me ao trânsito da avenida. Berro aos transeuntes:

— A morte não existe! A morte não existe!

Noto o olhar espantado dos que se imobilizam para me observar, a expressão amedrontada das crianças. Compreendo que sou tomado por louco. Isso não tem a menor importância, pois a verdade dos fatos está cima de qualquer coisa. Retorno ao portão da casa onde se dá o meu velório. As janelas continuam abertas e da rua posso ver os esplendores do lustre. A razão segue comigo, penso. Mas quando observo de novo o treliçado do portão, noto que a lemniscata desapareceu.

A Leveza do Chumbo

Aos vinte e dois anos se é autor de uma belíssima obra inédita e se é capaz de acreditar que todo mundo morrerá por ela. Concluí, portanto, que minha magnífica obra estava pronta para ganhar o mundo. Não achando editor que a publicasse, cuidei eu mesmo dessa providência.

Não precisei ir longe: um conhecido de meu irmão mais velho possuía uma grafiqueta na Rua Carolina Florence. Era um cômodo escuro e apertado onde um linotipista improvisado, ele próprio, orbitava em torno de um prelo antediluviano do qual saltavam, vez por outra, pequenas obras-primas da literatura mercantil, isto é, talonários de nota fiscal. Combinou-se o preço, que me pareceu camarada, mas ele exigiu pagamento antecipado de cinqüenta por cento. Concordei.

— Deixa aí os originais, disse. Estou mesmo numa crise de encomendas.

Imaginei cada poema como uma jóia saltando da prensa. Assisti à confecção do primeiro, letra após letra, fonemas e morfemas sendo pacientemente juntados num quadrilátero de chumbo que depois era numerado e amarrado, pronto para ir à impressão — a matriz. Coisa que, desgraçadamente, terminou por não acontecer. Quando o último poema foi composto, as encomendas de talões tinham baixado a zero e meu editor declarou falência. Surpreendi-o no instante em que baixava a porta corrugada da oficina, aliás para sempre. Devolver a grana não podia, disse, mas achei razoável a proposta que me fez ali mesmo, na calçada:

— Descompor o livro, um crime. Imprimir, não posso. Façamos o seguinte: leva o chumbo e estamos quites.

De posse das matrizes, podia encontrar outra gráfica que o imprimiria pela metade do preço. Afinal agora era só questão de papel e tinta. O problema era levar aquilo para casa. As placas de chumbo, empilhadas umas sobre outras, tinham o peso de um saco de cimento. Tentei caminhar com elas, mas eu era um poeta magro e pouco afeito ao esforço físico. Por sorte passou um caminhão e, coisa inusitada, parou e me ofereceu carona. O motorista, um desses rostos cuja rudeza cativa de pronto, quis saber o que eu levava ali, no interior do amarrado.

— Um livro, eu disse.

— Baita livro, hein.

Com o chumbo a meus pés, eu me orgulhava de levar comigo, de minha lavra, o livro mais pesado do mundo. O homem ficou impressionadíssimo ao saber disso. Fosse por esse motivo ou por amor à literatura universal, do que muito duvido, deixou-me na porta de casa. Depois disso o livro, em estado plúmbeo, dormiu pesadamente nove meses sob minha cama, antes que eu encontrasse outro gráfico que o trouxesse à era pós-Gutenberg. Deu-se então que as folhas acetinadas e finas que este novo editor usou para imprimir o livro não somaram mais que 40, ainda que impressas de um lado só, o que deu a minha obra um miserável aspecto de folheto. Não tinha lombada nem parava em pé, e quando um livro não pára em pé, costumava dizer o padre diretor, é porque não é livro. Em compensação, leveza, lá isso tinha.

Trinta anos depois contei essa história a um jovem que me fez perguntas sobre edições próprias, isto é, a única maneira de mandar compor um livro sem passar pelo desgosto de vê-lo recusado por editores sem alma. Sugeri-lhe meu singular método, o da gráfica de esquina. Uma vez que seus poemas tinham existência real (posso garantir que não eram piores que muitos que andam por aí) e dinheiro não parecia ser o problema, a situação era sopa no mel, muito superior à minha de três décadas atrás. Não lhe faltava nada para, no mínimo, repetir meu triunfo.

— Falta sim, disse ele.

— O que pode ser?

— Falta o chumbo. Além disso, quem garante que o caminhão vai passar? E será que o motorista vai me oferecer carona?

Achei que tinha verve e lhe dei um exemplar, dos poucos que ainda me restavam, da tiragem clandestina daquele livrinho delgado e pedestre, *Cavalo inundado* assim se chamava, título cujo sentido me escapa, salvo que vinha das raízes da infância. Dele talvez se aproveitem estes versos:

Bolinador de namoradas
etéreas, como se com mãos mágicas
bolinasse, lá vai o bolinador
de namoradas internas.

O Livro

Michel Oren era baixo, pesado, já entrado em anos e mascava um charuto quando penetrei no seu escritório. Atrás dele, monstruosas colunas de pacotes de livros recém-impressos. Fui direto ao ponto:

— Tenho um livro.

Não levantou logo a cabeça, pois colava selos num envelope.

— Que espécie de livro?

— Um livro de contos.

Baforou para cima:

— Mostre.

Nessa altura apresentou-se um problema: eu não tinha livro algum. Tinha sim uma vaga idéia de um livro que queria escrever, mas nenhuma linha escrita. E estava ali, de mãos vazias, sugerindo a um editor de literatura glandular que talvez houvesse uma obra-prima na minha gaveta. Seja como for, sustentei a mentira e prometi o livro para dali a quinze dias.

— Por que não amanhã?

Aleguei necessidade de acertos técnicos. Ele aquiesceu. Tinha uma lacuna na programação, disse. Autores jovens eram bem-vindos, sobretudo se houvesse sexo na trama. Duas semanas depois voltei a cruzar a porta de Michel Oren com uma pasta na mão. Dentro, os originais de *Mulher que virou canoa*. Como aquilo tinha sido possível? Eu tinha vinte e quatro anos e toda a confiança do mundo.

Achava que era o Balzac da minha rua e como tal me comportei. E, estando de férias, tinha tempo e disposição. Calculei: se escrever uma história por dia, em meio mês tenho quinze histórias. Isso dará um livro curto, compacto e cativante.

Arregacei as mangas e pela primeira vez cumpri à risca um programa de trabalho. Coisa que jamais se repetiu. E sobre o que escrevi? Sobre o único assunto que eu conhecia, isto é, sobre o meu povoado em Minas, as vadiagens nos campos, os trânsfugas que surgiam nas estradas poeirentas, umas rameiras que chegaram num certo Natal e o que aconteceu a seguir; o mascate que teve a barba raspada a canivete como punição por ter escalado a torre da igreja e badalado o sino; a negra molestada num banco de areia. A história que dava título ao livro assim começava: "Como a tarde continuasse esplêndida, Amélia resolveu que um passeio a cavalo lhe devolveria a serenidade". Muito ao contrário, ela a perderia no raso do rio com uns meninos que lá estavam.

A editora glandular não demorou muito para decidir o destino de meu livro. Primeiro entregou-o aos cuidados de um "leitor" cujo nome, se me lembro, era Atílio Cancián. O parecer de Cancián superou toda expectativa. Recomendou a obra com um argumento irrefutável: se ele, Cancián, já beirando os sessenta, sentiu frisson ao ler os contos do sr. Gomes, imagine um jovem na plenitude de sua força libidinal. O editor, suponho, não estava em condição de resistir a uma consideração dessas. O livro foi publicado com uma mulher pelada na capa.

Não foi o sucesso de público que eu esperava, nem a crítica chegou a percebê-lo. A edição levou anos para zerar, se é que zerou. Nunca houve reedição. Mesmo assim, não passou indene. E entra aqui uma espécie de maldição. Um dia, no antigo restaurante La Torre di Pisa, onde eu fora à caça de um frango à passarinho, fui abordado nestes termos por um balconista: Não é fulano? Sou, respondi. Então ouvi que ele era um garoto lá do povoado que viera em busca de melhor sorte na cidade grande. Lembrei-me dele rolando, diminuto, pela rua poeirenta do Campo Alegre. Contou-me o seguinte: que o meu livro tinha chegado lá na mala de um mascate, que o dito mascate o comprara em São Paulo atraído por minha foto na capa; e que o livro, silvando como uma víbora, rodara de mão em mão, de casa em casa, causando tristeza e revolta. Até novena de desagravo houve. E o exemplar acabou nas mãos do bispo de Luz, Dom Belchior Neto, o homem que, no seminário, me ensinara métrica e rima. Que ingratidão, a minha! Que ovelha tresmalhada e indigna!

— Eu, se fosse você, não voltava lá tão cedo, foi o que disse o rapaz, não em tom de ameaça, mas de sincera filantropia.

A história dirá que voltei, mas já de cabelos gris.

O General

Houve o dia em que topei com um general. Carlito, o chefe, me enviou ao antigo Hotel Terminus para entrevistar um general de verdade. Era um general do Alto Comando que viera para dar um curso da Associação dos Diplomados da Escola Superior de Guerra. Devo ser perdoado por haver esquecido o nome desse general, pois ainda era o tempo em que existia o Hotel Terminus, cursos da ADESG eram notícia e eu, ah, jovem e inocente demais para achar o presidente Médici um grande sujeito.

O general me recebeu no saguão, impecavelmente fardado, e até simpático. Subi três lances de escada e caminhei sobre uma passadeira creme. Embaixo haviam estendido um tapetinho vermelho que me pareceu um despropósito, já que hospedavam um revolucionário do 31 de Março.

— De onde é você, rapaz? perguntou.

— De Minas, general.

Ele riu do mal-entendido: na verdade queria saber o nome do jornal que pagava meu salário. Mas aproveitou a deixa e enveredou pela geografia das Gerais, que deu mostras de conhecer bem. Eu lhe disse o nome do povoado onde nascera, a região onde o povoado ficava, a "metrópole" mais próxima do povoado.

— Ah, conheço. Fui comandante em Bom Despacho.

Então estávamos de acordo. A entrevista foi uma piada: ele ditava, eu anotava. Na verdade, até preferia que assim fosse, pois estava cansado e tinha pressa de voltar à redação, onde me esperava um trabalho insano que prometia avançar pela noite. Além disso eu tinha arranjado uma namorada e não conseguia pensar noutra coisa. Muito menos em cursos da ADESG. De resto, o general limitou-se a ler para mim uma série de princípios e aforismos que sacou de uma pasta, certo de que eu os reproduziria no jornal. Vendo que dali não sairia coelho, apanhei minha papelada e os folhetos todos, estendi a mão ao general (ou bati continência?) e saltei os degraus que me separavam do tapetinho vermelho.

Foi a minha desgraça. O tapetinho se deslocou de onde estava, comigo a bordo, e viajou no chão encerado. Como nas histórias de Malba Tahan, lá ia eu entre as nuvens de Pendjab, só que em direção à porta do Hotel Terminus, pesada em seus arabescos de vidro grosso, com arame treliçado no meio. Tive tempo de decidir que parte de meu corpo teria a honra de se chocar contra a porta. Escolhi o ombro direito. Tive a impressão de que o prédio inteiro estremeceu. Foi um barulhão indecente. O vidro trincou de alto a baixo e eu, ao invés de cair, subi meio metro. Parei um instante no ar, como o Dadá da fábula esportiva, enquanto o tapete deslizava de volta a seu lugar primitivo. De modo que desabei sobre o chão liso como quiabo. Minha papelada voou em todas as direções: anotações, aforismos patrióticos, conceitos revolucionários. Patinei, levantei-me às tontas, tornei a escorregar. Quando finalmente consegui me pôr de pé, minha camisa estava rasgada e o ombro sangrava. No topo da escada, o general contemplava a cena com assombro, de punhos cerrados.

Atraída pelo estrondo, uma multidão se juntou do lado de fora, na calçada da avenida. Imaginaram uma briga em pleno saguão do Terminus. Ouvi comentários do tipo:

— Foi jogado na porta com um soco!

— Foi o milico! Eu vi!

— Isso é abuso de autoridade! Bater num menino!

Tentei esclarecer que não, que eu fora vítima de minha própria imprudência, que era dado a trapalhadas como aquela. Em vão: logo toda a avenida comentava que um repórter fora espancado por um general no saguão do Hotel Terminus, mas que naturalmente o jornal não iria dar uma linha, etc etc. A cada minuto detalhes eram acrescentados à história (depois, a cada dia ou semana), inclusive um que me atribuía uma brava reação contra o general, que, amedrontado, escapara pelo elevador.

Anos mais tarde, na empresa automotiva em que fui contratado, o gerente de pessoal cumprimentou-me nestes termos: "Satisfação em conhecer o homem que atravessou a porta do Hotel Terminus". E há aqueles que insistem em não deixar que a história caia no esquecimento. Moacyr Castro é um deles. Sempre que pode conta-a aumentando um ponto. Eu mesmo já não sei o que é verdade e o que é invenção nesse episódio. Fui incorporando a fantasia de outros e agora é tarde para saber o que aconteceu de fato.

Tempos atrás, numa conversa com estudantes, um deles sugeriu que eu falasse de minha "resistência ao regime".

— Nunca resisti ao regime, eu disse.

— Como não? E o caso do hotel?

— Que hotel?

— O hotel em que você derrubou um general com um direto no queixo.

Portanto, a partir de agora, eu sou o homem que derrubou um general com um direto no queixo. Heróico feito para ser incorporado a minha biografia.

Sabiá da Madrugada

Acordei assustado e estiquei o braço em direção ao relógio de pulso. Insônia, pensei. Era só o que me faltava. Com o mostrador diante dos olhos piscos, constatei que estava parado. Marcava fixamente duas e vinte, mas obviamente era mais, talvez três, três e meia. E como o tempo é uma abstração, eu me achava agora fora do reino cronológico, perdido numa espécie de eternidade congelada no centro de uma noite qualquer, numa cidade qualquer, num qualquer edifício, estendido sobre um catre que talvez fosse um barco adernando em mar remoto, cósmico.

— Meu Deus, suspirei.

Embora o corpo da mulher ressonasse a meu lado, senti-me só, muito só. O relógio ali como um objeto morto, impressionante, era a expressão de uma catástrofe mecânica, um evento físico inesperado funcionando como uma metáfora da falência de todos os mecanismos. Lá um belo dia rebenta a correia da máquina de lavar, arria a bateria do carro, um cano começa a jorrar água aos borbotões, como uma artéria rompida. De algum modo essas ocorrências tinham seu quê de assustador porque lembravam as desordens do corpo, as arritmias, os borborigmas do sangue, a possibilidade de uma bolha de ar no cérebro.

Cruzei as mãos sob a nuca e convoquei os manes da razão. Mas em seguida, lembrei-me: eu não passava de um estojo de carne, ossos e tendões bombeado por um coração que arqueja para fazer o seu trabalho. Onde havia lido isso? Eu mesmo o tinha escrito alguns anos antes. Mas escrevera distraído, desfrutando o prazer do texto, inconsciente da tragédia que narrava.

Com efeito: o homem deseja ser deus com o equipamento de um animal. A rigor (refletia de olhar perdido no teto) reside aí toda a sua angústia, já que, além do mais, ele foi dotado de consciência e está apto a dimensionar toda a sua desventura. Não chega a saber quem é, por que nasceu, o que está fazendo neste planeta, o que se espera que faça e o que pode esperar ele mesmo. E, como se não bastasse, vê-se condenado a coexistir com a fatalidade da morte obcecando os seus melhores sonhos e obscurecendo até seus mais ensolarados dias.

Como as mãos me formigassem, recolhi-as e cruzei-as sobre o peito, numa posição confortável mas perturbadora. Lembrava o rictus hierático de um cadáver. Fiz de conta que era um.

— Estou morto, murmurei.

Mas os mortos não sentem calor nem frio. Enquanto um gelo polar me tomava as mãos e os pés, meu rosto parecia devorado por labaredas. Além disso uma artéria ribombava no pavilhão da orelha esquerda, seu medonho eco indicando, na certa, um funcionamento irregular. Imediatamente levei dois dedos ao pulso: no mínimo 90, talvez 100, 120.

Pensei em me levantar para tomar ar lá fora, mas não tive ânimo de sair de meu sarcófago imaginário, que entretanto parecia real. Jesus, suspirei, estou mesmo morrendo. Constatei o início de um tremor nas pernas, registrei seu agravamento progressivo, a cama agora sacudia de verdade. Fiz um balanço do que deixava para trás e concluí que não era muito. Tinha levado uma vidinha miúda e desambiciosa, feita de lances tímidos e vôos rasteiros: não ia durar muito na memória dos outros. Danem-se, pensei, também eles vão desaparecer da minha memória, que por sua vez se derreterá como manteiga em frigideira no fogo. A este pensamento bizarro sorri, mesmo tremendo e suando muito, sorri, ora bolas, repeti, danem-se todos.

Clareava quando a mulher se mexeu sob os lençóis e abriu um olho, depois outro. Me encontrou de queixo para cima, sorrindo ainda. Quis saber do que ria.

— Não dormiu? perguntou.

— Pelo contrário, dormi muitíssimo bem.

— Tem certeza?

— Acordei cedo. Um passarinho cantou na janela. Acredito que um sabiá. Você acha que tem sabiá por aqui?

No escritório, passei o dia pensando naquele sabiá imaginário. A verdade é que não ouvia um sabiá fazia bem quarenta anos, e isto de repente me pareceu a causa de todos os meus males.

Pânico

Começou com uns sintomas esquisitos. O coração disparava, o pulso falhava, as mãos e os pés esfriavam, a testa porejava. A coisa era acompanhada de extremo mal-estar. Podia acontecer a qualquer hora, em qualquer lugar. Eu empalidecia e receava desmaiar, embora nunca tenha chegado a esse extremo. Se estava em público ou numa reunião de trabalho, dissimulava, juntava as forças que podia e lutava contra a onda negra.

Fossem quais fossem as razões desses demônios, não pareciam depender de nenhuma. Era sobretudo isto que assustava. Significava que podiam agir arbitrariamente. Podiam emergir de um sono limpo e me atirar direto ao abismo. Sentava na cama e tremia a ponto de sacudir o catre. Minha mulher me preparava escalda-pés por presumir que era tudo uma questão de aquecer as extremidades do corpo. Dava-me para beber borbulhantes taças de sais digestivos, por também acreditar que se tratava de problema estomacal. Talvez fosse. Aquilo ajudava, confortava e até me emprestava uns farrapos de confiança, mas nunca o bastante para devolver meu corpo à situação de antes, quando eu ainda não sentia nada e me achava forte como um huno.

— O que você tem é o verme no cerne, parecia ouvir dizer William Blake.

— Pro inferno, velho pernóstico, eu respondia fechando o maldito livro.

Foi certamente nessa época que tomei consciência de minha animalidade, ou seja, descobri a verdade espantosa de que tinha coração, pulmões, rins, fígado, vísceras, e que o funcionamento desse conjunto tanto podia sustentar minha vida como entrar em desordem e decretar seu colapso. Por trás desse enredo de tragédia estava o verme no cerne de que falava Blake.

Na rua, em plena multidão, cismava que os rostos anônimos que cruzavam meu caminho eram precisamente aqueles que a fatalidade predestinara a presenciar o meu fim. Via-os em círculo sobre o meu cadáver, formando uma coroa sinistra e contando uns aos outros como eu tinha cambaleado até tombar na mica do calçamento. Alguém acenderia uma vela:

— Que Deus o tenha.

— Pro inferno você também, eu dizia, levantando-me de um salto.

Claro que lutava bravamente para afastar essas visões turvas e quase sempre tinha êxito. Só uma vez cheguei ao ponto de sentir minhas pernas dobrarem e fui conduzido a um pronto-socorro. Isto sem contar o dia em que minha vista escureceu em pleno rush paulistano, no metrô cheio, e precisei bater no ombro de alguém e pedir para sentar.

Amigos entraram em ação e me obrigaram a uma bateria de exames. A cintilografia indicou um prolapso de válvula mitral e arritmias atriais e ventriculares. Tudo somado, nada tão mortal. Disseram-me que eu convivia com aqueles demônios desde a infância, só que sem percebê-los. Não havia manifestações isquêmicas e o coração, enquanto músculo, ia bem. A rigor o que eu tinha era cansaço, estresse e envenenamento por toxinas não liberadas.

Tudo aquilo significando que eu estava refém de umas quantas emoções. E eu que sempre me achara um sujeito tranqüilo, dono dos próprios nervos... Apesar disso, quando me sugeriram o divã, fiquei bravo. Joguei fora o cartão do esculápio, que me deram, e bravateei: se se trata de angu psíquico, eu mesmo resolvo. Recusei também o betabloqueador. Não recomendo a ninguém fazer isso, mas eu fiz.

Achei que dava para viver sem aqueles expedientes. Me inscrevi numa academia e fui reaprender a nadar. Já lá se vão duas décadas e ainda estou vivo. Não me sinto particularmente doente e no ano passado, tudo somado, nadei o equivalente ao percurso Campinas—São Paulo. E até tenho momentos de felicidade. E não leio mais William Blake.

As Lebres

Apanhado de surpresa por uma grossa chuvada, abriguei-me sob um telheiro de taxista que supunha abandonado, de tantos furos que tinha no teto. Logo veio me fazer companhia um homem com uma bolsa na mão. Chegou escorraçado pela chuva. Fumava, mas seu cigarro tinha se apagado e ele estava tentando acendê-lo de novo. Notei que no interior da bolsa chocalhavam ferramentas.

— Quando ela vem assim neblinada, comentou, é porque o tempo vai esfriar.

Concordei mas intimamente tomei nota para checar a veracidade da informação. O homem parecia gostar de chuva. Fumava e olhava as bátegas que ora se aproximavam ora se afastavam.

— Olha que beleza, disse.

Era uma chuva branca que descia em cortinados que pareciam ondular com o vento, indo e vindo, grossa, caudalosa, barulhenta. Às vezes passava e reaparecia na esquina inclinada, tangida de volta em nossa direção, batendo forte no asfalto a ponto de levantar espirais de fumaça. Depressa a rua virou um rio. O operário ria calado. Nem o mau cheiro que começou a exalar dos esgotos tinha força para estancar aquela sangria de encantamento.

— Coitados, disse.

— Quem?

Só então reparei nos dois vagabundos que tratavam de se proteger debaixo das árvores da Praça Euclides da Cunha. Mudavam de posição sob as ramagens conforme eram acossados pelo aguaceiro. Um deles puxava da perna direita. Quando a situação se tornou intolerável eles se arrastaram até o nosso telheiro, rindo-se como garotos, embora há muito já tivessem passado da altura do Cabo, o da Boa Esperança, que é um modo de dizer que não pareciam predestinados a ir muito longe. Senti neles um leve odor de aguardente que era quase um contraponto ao dos esgotos, coitados, bem disse o operário.

Nesse meio tempo o operário tinha visto algo na forquilha de dois galhos da árvore: um couro esticado e posto ali para secar.

— Que diabo é aquilo? intrigou-se.

Nossos dois vizinhos se entreolharam:

— É couro de gato, respondeu o que mancava.

Contaram que na noite passada haviam capturado um gato, um gato grande e peludo que parecia não ter dono. Sabe esses gatos que ficam perambulando por aí, fuçando saco de lixo? Pois é, disse o outro, eles o tinham apanhado e feito um cozido dele. Tinham acendido uma fogueirinha ali mesmo, na praça, e comido o gato.

O operário fez careta:

— É bom, carne de gato?

Excelente, disse o manquitola dando uma risada. Parecia carne de lebre. Em seguida perguntou ao operário se ele já tinha comido lebre. O operário respondeu que não. Os pobres-diabos riram outra vez e confirmaram que carne de gato era tão bom quanto carne de lebre. A bem da verdade só um deles havia experimentado carne de lebre, mais exatamente o que não mancava, mas o outro sabia perfeitamente como era o gosto de carne de lebre e era igualzinho ao da carne de gato.

— Quando foi que cê comeu carne de lebre? perguntou o operário ao que não mancava. Cê não tá mentindo pra nós, hein?

O outro disse que não, e até falou do campo onde essa lebre era caçada, lá em Minas, um campo verde, onduloso e marchetado de capim-colonião. Nesse ponto o operário pareceu acreditar no que ouvia. Eu me lembrei de meus campos de infância e confirmei que eram assim mesmos: ondulosos, verdes, cobertos de capim-colonião e com lebres correndo no meio.

— Muita lebre, assegurei.

E fiquei repetindo aquilo, como que para me assegurar do que tinha dito, convencido de que a verdade não era ali o mais importante, mas sim a beleza daquele campo cheio de lebres.

O Encontro

Andando pelo bairro de minha primeira juventude (pois que atravesso galhardamente o rubicão da segunda), cruzei com um rapazinho que batia bola na pequena praça triangular que faz enclave com as ruas João Arruda e Cândido Gomide. Por coincidência ou fatalidade, lembrei-me que há um quarto de século eu fazia a mesma coisa naquela mesma praça, porejando e bufando em torno de uma bola de couro, no viço de meus 17 anos.

Lembrei-me que também eu, naquela época, já esfumada pela neblina do tempo, dava ao futebol um valor por assim dizer irrefutável. Falei sobre isso com o rapaz, que interrompeu o jogo para me escutar. Depois me disse, num tom de confidência, que até o ano anterior tinha desejado ser jogador de futebol, mas que, desfeito esse sonho, agora só queria saber de ler romances e afinal ser escritor.

— Escritor? perguntei. Não é um tanto antiquado para os dias de hoje?

— Tenho certeza que não, respondeu.

Dos livros que tomava emprestado à biblioteca municipal (não tinha dinheiro para comprá-los) acabara de ler *O estrangeiro* de Camus, um livrinho que também a mim causara profunda impressão por aquela mesma altura. Arrisquei-me a adivinhar os livros que esse rapaz mantinha junto à cabeceira de sua cama: O *Diário* de Kafka, *O jogo da amarelinha* de Cortázar, *O velho e o mar* de Hemingway e os poemas de Fernando Pessoa.

— São esses mesmo, admitiu com surpresa. Mas quem diabo é o senhor? Por acaso esteve vasculhando meu quarto?

— Rua João Arruda, 154, fundos. Sei onde mora. Tem um rádio-relógio sobre a escrivaninha. Como vai sua mãe?

Disse que a mãe ia bem, apesar de uns probleminhas na bexiga. Tranqüilizei-o: "Disso ela não morre". Imaginei minha mãe vinte e cinco anos antes, com pouco mais de cinqüenta, uns fios brancos na cabeleira que ela ainda não se dava ao trabalho de tingir. Tive vontade de lhe dizer: "Papai, sim, é que não resistiu a uma doença que nunca soubemos bem o que era. Morreu em 1982". Mas me abstive. Mudei de assunto. Perguntei-lhe que espécie de livro estava tentando escrever.

— Uns contos fantásticos, disse. Mas não decidi ainda quanto à forma. E não sei se uso o sistema hermético ou o estilo claro.

— Use o estilo claro.

Ele dobrou a cabeça sobre o ombro direito, depois sobre o esquerdo, de um modo tão natural que eu não saberia dizer se eram flexões para corrigir algum mau jeito ou um reflexo de sua hesitação estilística.

— O estilo claro é melhor, insisti.

— Por que está tão certo disso?

— Todos os herméticos desde Joyce fracassaram.

— O senhor está se esquecendo de Beckett.

Retruquei, não sem uma ponta de desonestidade, que ninguém mais se lembrava desse cavalheiro irlandês em 1995.

— Duvido, disse o rapaz. Além disso, ninguém pode saber o futuro. E nós ainda estamos em 1970.

Claro que a conversa havia tornado uma direção absurda, como absurda é, hoje em dia, qualquer conversa sobre literatura fora dos círculos de iniciados. Creio que ao ouvir aquilo tive uma pequena vertigem. Enquanto o rapaz se afastava, levando a bola debaixo do braço, pensei na epígrafe que eu próprio inventara para aquele livro de contos escrito às pressas para Michel Oren: "As ficções se pretendem verossímeis, mas a vida, como se sabe, é inverossímil". Era bem isso que me acontecia agora.

    Não tornei a ver o rapaz, nem creio que volte a vê-lo tão cedo. Receio, contudo, ter de lhe dar as costas se de repente me aparecer sem mais aquela. Por prudência tenho evitado aquela praça: fui suficientemente alertado a respeito. Vá lá que um de nós se lembre que sonhou qualquer coisa como o encontro com um jovem (ou, no seu caso, com um sujeito de meia-idade) numa pracinha do bairro, onde, por uma confluência de destinos, habitávamos o mesmo quarto e líamos os mesmos livros.

Uma Velha Foto

De Minas me escreveu um colega de classe, José Paulo Martins, há muito perdido nas brumas do tempo: "Tenho uma foto nossa, no seminário, ao lado do boneco Judas". Seguiu-se intensa troca de e-mails. Na busca de reatar os fios rompidos, eu mostrava dificuldades com o passado. Ele, ao contrário, lembrava-se de tudo.

"Você era o poeta, o bamba no latim, o ponta encapetado que corria feito doido, com o cabelinho esvoaçando ao vento", dizia a meu respeito. Ou então: "O Dalmo, com quem você rivalizava em conhecimento e percepção das coisas". E vai me informando que o Dalmo fez medicina, clinicou em Iguatama e em Luz. O Waldemir Guimarães, aquele pequenino que dizem não ter crescido muito desde então, foi prefeito em São Luiz de Montes Belos, município goiano, e depois deputado federal. Parece ter tanta autoridade por lá que o apelidaram *Xerife*.

Tudo isso vai me narrando o Zé Paulo, dando mostras de possuir uma memória fincada no real, enquanto a minha, ai de mim, só se lembra de coisas abstratas. "O Tião Pereira virou padre e faz muito tempo não tenho informações sobre ele", prossegue. "O Joaquim, irmão dele, namorou minha prima em Belo Horizonte, mas sumiu. Tempos atrás, vi seu nome como vereador em Japaraíba". O estilo de Zé Paulo, preciso e cortante, ressuma uma nostalgia à qual eu já havia renunciado e que agora volta com pungência: "Às vezes relembro passos nossos, como as viagens de caminhão, em época de frio.

Fomos a Dores do Indaiá, no aniversário do cônego César, cantamos 'Parabéns pra você' na rádio. Depois, fomos a Bom Despacho". Disso me lembro: eu gostava de ocupar o primeiro lugar na carroceria do caminhão, agarrado ao parapeito da cabine.

Mas em seguida vem um trecho belíssimo, que eu tento extrair a fórceps de minhas brumas: "Fazíamos uns cata-ventos muito bem acabados, raspando as pás das hélices com cacos de vidro. Uma vez no caminhão, todos levantávamos os cata-ventos para que rodassem a mil". Eu devia ser mesmo muito desligado para ter esquecido esses cata-ventos.

E quando o meu colega me conta do destino que lhe coube, do percurso que fez na vida, vejo que seguimos caminhos paralelos e em muitos aspectos estranhamente parecidos. Como eu, Zé Paulo abandonou o claustro e se formou jornalista. Trabalhamos os dois em uma universidade (eu em Campinas, ele em Viçosa), ambos em funções rigorosamente idênticas: serviço de imprensa. Ele tem três filhos, eu dois. E por um sortilégio que freqüentemente ocorre aos mineiros, também ele comete livros. Só espero que não venhamos a descobrir que escrevemos as mesmas coisas, parágrafo após parágrafo, linha após linha.

No dia da fotografia, entretanto, não coincidimos. Ao contrário da expectativa do Zé, ele não está nela. Talvez estivesse por perto mas tenha ficado de fora do enquadramento do fotógrafo. Quem a tirou, não se sabe. E no entanto a foto me trouxe uma catadupa de sensações que ainda agora vou exumando aos poucos. Há um Judas e é preciso malhá-lo. Quase não me reconheço no garoto miúdo que ri esse riso aberto no canto direito da foto, a gola levantada, uma franja na testa. Vejo o Olemar, o Ademir, o Waldemir. Dos outros não tenho certeza. Vem-me à tona a observação de alguém, na época, dizendo que eu era "um menino risonho". Está claro que depois disso o tempo trabalhou duro no sentido de me fazer rir menos.

A fotografia faz emergir uma outra lembrança enterrada, a de que nesse dia me encarregaram de escrever o "testamento do Judas", longa peça em versos na qual o boneco, ciente de sua condenação, deixava a cada garoto, ficticiamente, um bem de seu uso pessoal: uma cueca rasgada, uma camisa em tiras, um par de botinas velhas etc. Lembro-me das gargalhadas que arranquei deles, da platéia excitada, encarapitado num banco de madeira. Custo a acreditar que se trata de mim mesmo. Pois nesse tempo eu era capaz de tais coisas. Agora, só com muita dificuldade.

Cartas a Minha Filha

Buscávamos antigos álbuns de fotografias quando de um gavetão emergiu, misterioso, um envelope contendo um maço de folhas dobradas ao meio. Eram umas cartas que aos vinte e um anos escrevi a minha filha, na esperança de que ela um dia as lesse e dali tirasse as lições que minha juventude se julgava em condição de dar.

Mas, sendo as coisas como são, a verdade é que essas cartas nunca foram entregues. E agora que emergiam, sua destinatária as arrebatou de um salto e principiou a lê-las ali mesmo, causando em mim um natural nervosismo. Começava chamando-a *minha camaradinha*. "Coisa misteriosa o tempo", eu lhe escrevia em novembro de 1973, quando ela contava três meses. "No ponto futuro em que você se encontra, será que já inventaram pequenos carros voadores para cada um de nós? Será que os extraterrestres já se mostraram aberta e definitivamente?".

Procurava dar uma idéia de como era a nossa vida de então: "Muito simples. Moramos numa casa de três cômodos". Transpareciam umas pretensões que o tempo só agravou, sem resolvê-las: "Quero lhe falar de uma coisa em que estou empenhado no momento: o meu livro. Um romance! Estou procurando reinventar a minha linguagem." Falava também em publicar um livro de poemas, o que de fato fiz. Mas cometia o erro de projetar naquele ser ainda indefinido os meus próprios sonhos: "Será que você também faz poesias? Será que escreve romances?". (Nota de 2007: tornou-se engenheira informata e sua tese de doutorado discorre, entre outras coisas, sobre a aplicação de modelos matemáticos em redes neurais, e isso diz tudo. Mas quem sou eu para dizer que não há poesia em redes neurais?).

Dava-lhe notícias do mundo: "Os árabes querem ir à forra contra Israel. Uma nave não tripulada revela que Júpiter é maior do que se imaginava. O cometa Kouthek está a apenas trezentos milhões de quilômetros da Terra e vai passar perto". Semanas depois, eu relatava uma pequena aventura consumista de que ela participara: "Ontem levamos você ao hipermercado. Você ficou encantada com as bonecas que havia lá. Tinha uma Mônica maior que você, de dentes assustadores. No fim, você gostou de uma bonequinha vermelha (será que ainda a conserva?) e em casa divertiu-se com ela até pegar no sono".

O romance ia "a passo de cágado", mas o autor não estava preocupado: sabia que tinha muito tempo pela frente. E havia compensações: "Quando chego do trabalho, você ri para mim embora ainda não tenha dentes. Eu apanho você pelos pés e arrasto seu corpinho na cama fofa e você ri a valer."

Em janeiro minha correspondente completou cinco meses. Eu lhe dava novos informes sobre sua mutante situação no mundo: "Você adora TV. A novela *Carinhoso* é um divertimento sério para você. Desconfio que não entende nada, mas seu olhar atento diz o contrário". O Kouthek ainda não dera o ar de sua graça: "Disseram que o brilho dele ia ser tanto que sua cauda ia construir um rabisco grande no céu, mas até agora nada. Cometinha enganador".

Um mês depois, uma reprimenda: "Ontem você não nos deixou dormir. Ficou choramingando a noite toda." Mas logo veio a explicação para o que supúnhamos fosse manha: "Hoje você nos deu um tremendo susto: vomitou tudo o que lhe dávamos. O que você tem é uma inflamação no ouvido esquerdo, disse o médico, seqüela do problema nos brônquios." (Meses antes, ela havia tido uma pneumonia). "O malvado lhe receitou uma batelada de injeções doloridas. Não fique com vergonha de chorar. Papai também tem medo de agulhas. Ainda mais agora, ai de mim, que sua mãe me obrigou a ir ao dentista."

Não eram tempos fáceis: "Estamos de novo sem dinheiro." Apesar disso: "Estou fumando cigarros Carlton". Razão e sentimento: "Gosto quando sua mãe me chama de *meu menino*. Mas ela, sim, é que é uma criança". De outra vez, a conversa ficou séria porque algo sério aconteceu: "Sua mãe acaba de dizer que está esperando um novo bebê. Estou assustado porque isto significa que seremos uma família de quatro pessoas e eu tenho lá responsabilidade para tanto? Se sua própria mãe me chama de *meu molecão*!".

Quando o bebê nasceu, era um menino e fomos morar com o sogro. Viúvo. "Casa pequena mas acolhedora, recuada da rua a tal ponto que mal se pode vê-la entre os limoeiros e as laranjeiras miúdas" — eu contava isso para o caso de, no futuro, ela não se lembrar. "Há umas flores no corredor de terra batida. Respira-se aqui uma paz que parece estar associada ao cheiro da madressilva. No quintal há um catre velho com os pés enterrados na terra mole."

E passei a descrever o dia da mudança: "Quando você despertou, os móveis já haviam sido transportados para o caminhão. Você encarou a desolação do quarto vazio. Por fim, desalojamos você e seu irmãozinho para que os carregadores levassem os berços. Mais tarde, quando levamos você para ver a nova casa, onde se amontoavam, dentro e fora, cadeiras, garrafas, objetos de cozinha, livros, sapatos e até um espelho que refletia matinalmente uma das laranjeiras em flor, você se alegrou e pôs-se a passear pelo calçamento irregular do pátio pequenino, atijolado. Seu rosto adquiriu uma doçura ainda não experimentada, certa leveza. Tudo isso requintado pela maciez do ar. E eu, tomando você nos braços, fui rompendo as estruturas do dia."

Carlito

A infantaria está indo embora, foi o que pensei quando me contaram da morte de Carlito, o Carlos Tontoli, na madrugada de uma segunda-feira. A infantaria bate em retirada e mantém uma distância de apenas vinte verstas de nós, os que o acolitávamos naquela redação de província, no início da década de 70, aqueles dourados anos de chumbo em que batedores de carteira ainda eram notícia de primeira página em Campinas.

Minha mesa ficava perto do janelão à direita, de onde, quinto andar, se podia ver a esquina da Rua Dr. Quirino com a Rua Conceição. Chegávamos por volta da uma da tarde. Em geral, quando entrávamos, não em ordem unida mas separados de alguns minutos, Celso Falaschi, Marcos Quintas, Moretti Bueno e eu, já lá estava Roberto Goto, o mais novo da turma. Éramos a tropa de elite do noticiário local.

Carlito chegava por último e ocupava a primeira mesa, de frente para os redatores, como um bedel. Se estava de bom humor, começava logo a contar a 'última do Hermenegildo' (que era funcionário público e só chegava à noite), terminando a narrativa com um sonoro rou-rou-rou que era o seu jeito de rir. Mas às vezes entrava de cara sisuda e não falava com ninguém, ou então se voltava para nós e ameaçava com uma reforma geral nos costumes da redação:

— Segunda-feira muda tudo.

E na segunda-feira lá estava ele com o seu rou-rou-rou que soava tão bem aos ouvidos, contando do Cataldo Bove ou do Hugo Gallo

Mantellato e nem se lembrando mais da prometida reforma e deixando tudo agradavelmente na mesma. Às vezes aparecia o Maurício de Moraes com notícias do Clube dos Baixinhos, o Chiquito Soares com suas crônicas de viagem no bolso do casaco, o Júlio Mariano arrastando uma perna e sempre saudado pelo Carlito como "o nosso Machado de Assis", o Isolino Siqueira vindo para desmentir a existência de ratos na biblioteca do Centro de Ciências, Letras e Artes, o Crispim Gomes Júnior, muito jovem, trazendo a programação do teatro amador de Campinas. Quando entrava o Ernesto Alves Filho, pequenino, cerimonioso, para escrever sua coluna em *fio tremido*, Carlito ribombava da sua mesa de falso déspota:

— Ô Ernestinho, são quarenta linhas, hein! Não vá me escrever *Os subterrâneos do Vaticano*!

Achou muita graça o Carlito no dia em que lhe fui pedir emprego. Eu era tímido como um seminarista (aliás, tinha acabado de deixar o seminário) mas nesse dia reuni coragem o bastante para o procurar. Não o encontrando na redação, achei-o dois andares abaixo, informado que fui de que estava com o gerente. Eu nem sabia como era um jornal, mas ao ver caminho livre na sala da gerência, entrei. Voltaram os olhos para o garoto ali em pé e ouviram dele que "queria ser jornalista". O riso deles foi uma estalada só.

— Mas por que você quer ser uma coisa dessas? quis saber Carlito.

— Porque escrever é a única coisa que sei fazer, respondi como se fosse o Hemingway da Rua João Arruda.

Senti no gerente uma chispa de simpatia:

— Dê uma chance a ele, Carlito.

Ganhei logo a confiança do chefe. Procurei não desapontá-lo. Nos dias de assunto escasso, saía pelas ruas (ah, aquelas magníficas pernadas pelo centro!) e voltava sempre com alguma coisa. A cidade era pacata e a falta de notícias uma bênção, mas infelizmente era preciso encher umas quantas páginas e, se tardavam, logo víamos surgir na porta da redação, emergindo do purgatório da oficina, resmungão, o velho João Galerani para fustigar o chefe. E Carlito, furioso com nossa lentidão:

— Na segunda-feira muda tudo!

Graças a Deus não mudava nada. E houve o dia em que ele me mandou entrevistar aquele general no antigo Hotel Terminus, missão considerada estratégica para o jornal. Carlito me julgou à altura dela, mas como poderia ele adivinhar que naquela tarde, desastradamente, eu arrebentaria a porta de vidro do hotel com um tombo fenomenal? Agora que Carlito morreu e talvez queira rir um pouco das coisas passadas (rou-rou-rou), recordo o susto que ele levou ao me ver entrar de volta na redação, a camisa rasgada e a cabeleira em desalinho.

— Jesus Cristo, Tatá, você foi atropelado?

Eu tinha falhado feio e temi cair no desapreço dele. Ficou um tempo sem me dar qualquer missão importante, só buraco de rua e histórias leves e festa das nações, mas às vezes me chamava para falar do tempo em que fora ator de cinema (encarnara o filho do bandeirante Pais Leme num filme local) e de seu velho plano de escrever um livro chamado *Labareda*. Receio que nunca escreveu livro algum. Planejava também outras coisas, muitas coisas, mas não tinha tempo de realizá-las ou na verdade não queria.

E quanto um executivo da Bosch do Brasil (creio que o Sérgio Castanho) pediu a ele que indicasse alguém, um "jovem promissor", para ocupar o posto de redator no departamento de publicidade da empresa, foi a mim que ele chamou:

— Vá você, Tatá.

Depois disso passei a ver menos o Carlito, a ouvir menos a sua risada, cada vez menos, e o tempo correu como a passadeira do Hotel Terminus, depressa e implacável, contra a porta do limite humano. Morreu de broncopneumonia. Tinha 75 anos. Tocava um pequeno jornal em Paulínia. Doente, deitou-se para viajar numa cama de hospital. Era segunda-feira, e nas segundas tudo muda.

A Mãe

25 de janeiro de 1977. Ao saber que a mãe sofreu uma queda ao descer de um ônibus, vou correndo vê-la no hospital. Encontro-a sentada na cama. Na testa exibe um curativo em x sobre um corte de sete centímetros. Conta que o ônibus arrancou antes que ela terminasse de descer. Me detenho demoradamente no seu rosto vincado e moreno, um rosto azeitonado e de traço caboclo que sempre me fascinou. Toda vez que entra uma nova visita na enfermaria ela volta a contar infantilmente o que lhe aconteceu.

21 DE JUNHO DE 1988. Encontrei-a como sempre: entortada pelo tempo, mas lúcida e cheia de vivacidade. Serviu-me um arroz-doce delicioso, o que me fez lembrar de outras épocas, em Minas, quando o arroz-doce era servido em tachos.

12 DE FEVEREIRO DE 2000. Minha mãe sofre um desmaio. Corro ao hospital e encontro-a tomando soro com um medicamento para o coração. Moído de pena, desço à rua e lhe trago uns biscoitos de que ela gosta muito. À noite levo mais coisas que Vera comprou para ela, potinhos de iogurte e caixinhas de leite semidesnatado que ela prontamente divide com sua companheira de quarto, uma senhora igualmente idosa que já foi operada uma porção de vezes. Deram-se muito bem, as duas.

12 DE SETEMBRO DE 2002. O telefone tilinta às cinco da manhã: minha mãe não está bem. Saio em disparada por ruas ainda desertas. Acomodo-a no banco de trás. No pequeno hospital, encontro o pronto-socorro lotado. Não suportando vê-la dobrada sobre si mesma, em meio ao tumulto da recepção, retiro-a de lá e corro ao hospital da Universidade. Ali o ambiente é dez vezes mais dramático. Duas moças choram aos berros porque a mãe delas acaba de morrer. Um homem aperta a barriga e chora convulsivamente. Diz que lhe estourou a hérnia. Minha mãe, enquanto é atendida, declara que seu fim está próximo. No que se engana: os exames nada revelam e provavelmente ela apenas se intoxicou com o antiinflamatório Vioxx. Quando a liberam, no fim da tarde, já está corada outra vez e anda normalmente.

22 DE ABRIL DE 2005. Minha mãe sofre um novo desmaio, desta vez pior que os anteriores. Meu irmão José Maria teve de reanimá-la com respiração boca-a-boca. Passei das 8 às 16 no hospital correndo atrás de enfermeiros e médicos, futucando-os, exigindo maca em vez de cadeira, leito em vez de maca, providências em vez de conversa. Uma mulher, inconformada com a demora do atendimento do pai, que passava mal numa das cadeiras do corredor, a recepção apinhada, irrompeu na enfermaria, aos berros, empurrando com violência uma portinhola vaivém que estalou contra a parede, não sem riscos para uma criança que ali fazia uma sessão de inalação. Minha mãe a tudo assistia do abismo de seu mal-estar, que devia ser grande, curvada sobre si mesma e abrindo de vez em quando os olhos grandes e escuros. A caminho de casa, sem ela, tentei pensar em coisas agradáveis mas não consegui.

28 DE ABRIL DE 2005. Miúda, encolhida numa cadeira ao lado da cama, acossada pela falta de horizontes: minha mãe.

30 DE ABRIL DE 2005. Morreu ontem por volta das cinco da tarde, enquanto tentavam lhe implantar um marcapasso. Ia fazer 83

anos amanhã. O médico explica: uma obstrução na veia cava. Pressionada pela sifose dorsal, a cava impediu a passagem do eletrodo até o coração. Levada à terapia intensiva, ali sofreu uma parada cardíaca. Inútil o esforço de reanimação. O enterro foi hoje às duas, no cemitério das Aléias.

1º. DE MAIO DE 2005. Horas antes do enterro, a exumação dos ossos de nosso pai. Fazia um manhã luminosa e estávamos todos reunidos em torno da cova, mas quando a última laje foi retirada alguns se afastaram em direção ao velório, onde a mãe passara a noite sob um rijo arranjo de gerânios, sem ter despertado como das outras vezes. Lá embaixo, a alvura da cidade. A princípio não se percebia nada, pois a tampa do caixão tinha afundado e sua forração roxa parecia colada ao fundo. Mas logo que o coveiro afastou os pedaços de madeira podre e o pano da forração, juntando-os com método em um saco de plástico preto, o perfil de nosso pai ressurgiu embaixo, esguio, ainda vestido com o paletó, a camisa e as calças. Alguém disse que eram roupas feitas de tecido sintético e que por isso haviam resistido durante tanto tempo (vinte e três anos). Uma das irmãs lembrou-se que fora ela quem dera a camisa de presente ao pai. O crânio, carcomido na frente, ainda exibia alguns tufos de cabelo. Depois o coveiro começou a retirar os ossos todos do pai e a depositá-los no mesmo saco, um osso após outro, com uma tal facilidade que era como se desmontasse, peça por peça, um velho brinquedo encontrado no porão.

4 DE MAIO DE 2005. Ontem, finalmente, chorei. Depois de atravessar de olhos secos o dia de sua morte, o dia do enterro e os dois dias seguintes, claudiquei na última linha da carta que lhe escrevia (a crônica para *Metrópole*). Sozinho no escritório, liberei a dor e chorei sem embaraço, debruçado no tampo da mesa. Mas não estou certo de ter chorado por ela, que já nada tem a perder; devo ter chorado por mim mesmo, da sentimentalidade do texto e dos detalhes que a carta (que nunca chegará a suas mãos) contém.

18 DE MAIO DE 2005. Sonhei com ela. Participávamos de uma festa. Já estávamos nos retirando quando a mãe avisou que não viria conosco: viajaria na manhã seguinte com a gente que a "hospedava". Tinha a aparência jovem (uns 42 anos) e não se mostrava particularmente infeliz por se separar de nós; ao contrário, parecia excitada com a perspectiva da viagem. Se eu fosse menos incrédulo, diria que este sonho informa que minha mãe está viva em algum lugar. A razão, porém, diz que meu inconsciente trabalha para integrar mais este elemento há muito sabido mas nunca suficientemente crível: a morte de nossa mãe. Entre a razão e o desejo, deixarei que a verdade se imponha, seja ela qual for.

Fragmentos de um Romance de Juventude

A Corrente da Vida

....
.... que se eu tivesse de contar a alguém a minha vida, começaria por esta manhã, pensou Nico. Daria enérgicas pinceladas para trás e para diante, à esquerda e à direita, acima e abaixo, mas começaria por esta manhã.

Vou fazer 18 anos em outubro. Trabalho num bar e pela primeira vez vivo do que ganho. Na luminosidade que entra pela janelinha do quarto — pouco mais que uma clarabóia aberta para o calçamento e para o toldo com as mesinhas embaixo, todas de um vermelho vivo e novo — a manhã é ainda fresca como um feixe de legumes novos, como o coração macio de alguma coisa também nova, um eixo, um epicentro, um ponto de partida.

Hesito se faço a barba antes ou depois do banho. Presumo que o banho serve para amaciar a pele e propiciar um corte mais suave e rente, mas não deixo de pensar que entre duas obrigações é preferível começar pela menos agradável.

Pela barba, então.

Enquanto vou ensaboando a cara, sinto meu corpo vibrar por baixo da toalha. Para afastar a idéia lúbrica, obrigo-me a pensar na camisa de linho que vou vestir daqui a pouco. Comprei três na semana passada. Plantado frente ao espelhinho de bordas corroídas e pensando primeiro na amarela, depois na vermelha e por último na estampada, vou abrindo vigorosos sulcos na camada de espuma.

O ruído da lâmina contra os poros, muito mais crepitantes agora que há um ano, deve explicar por que minhas mandíbulas vão ganhando esse tom entre o azul e o púrpura. Gosto de ouvir esse ruído e de ver como o ritmo da lâmina se harmoniza com o burburinho da rua lá embaixo, o clamor das mesas ao ar livre, a gritaria dos garçons e os bifes chiando na chapa. Hoje a rua está quieta, é um domingo. E eu estou reconciliado com o dia.

Desço e caminho pela rua deserta, andando bem no meio dela. De repente, começa a chover.

Ora, cheguei aqui com planos de entrar para a faculdade e arranjar logo um emprego. Queria, como se diz, mergulhar depressa e fundo na "quente e misteriosa corrente da vida". Li isto num autor qualquer e estou certo que se a tal corrente passa em algum lugar, não é certamente naquele ambiente de pátios murados e varandões cheirando a incenso que, lá em Minas, consumiram seis anos de uma existência que carecia de ar.

Cabeça enterrada nos ombros, parecendo mais baixo do que realmente sou, talvez por causa da camisa folgada e das calças boca-de-sino, corro para não molhar minha roupa nova. Na calçada oposta ao Zepelim, apresso-me e luto contra a maré negra. De onde ela vem? Talvez da insalubridade do depósito de bebidas, estreito, sujo e mal ventilado, onde fico tempo demais empilhando montanhas de caixas de cerveja. O caminhão da distribuidora passa bem cedo (antes mesmo do furgão com as barras de gelo) para apanhá-las e trocá-las por caixas com garrafas cheias que depois eu carrego de volta para o depósito, vazias, noite após noite, conforme instruções do patrão. Isto já dura meses e eu me sinto afundar numa espécie de embrutecimento e numa alarmante incapacidade de avaliar minha própria situação. Tenho medo de me perder para sempre nesse desvio arenoso da vida. Pareço cada vez mais longe de minhas antigas fantasias e estou ficando com a confiança abalada.

Sob a marquise da Sears Roebuck, paro e acendo um cigarro (aprendi a fumar no bar, mas espero deixar logo) aguardando que a chuva passe. Penso: "Não que trabalhar num bar seja em si coisa deplorável. O que não suporto é pensar que estou correndo abaixo de minhas possibilidades". Essas possibilidades ainda não sei quais são, mas sei que gravitam na esfera de um destino grandioso. Por puro respeito a elas sou impelido para idéias fatalistas sobre o destino (no caso, o destino de um artista em *mala hora*) e acredito que forças imponderáveis me submetem a provações. Se submeteram potentados como Poe, Baudelaire e Fernando Pessoa, para não falar de Franz Kafka, por que não também a mim? É o que freqüentemente digo a mim mesmo no depósito de bebidas, enquanto rabisco poemas ou faço anotações num caderninho de capa dura. Claro que cá dentro, bem no fundo, sedimenta-se em conta-gotas o caráter duma alma escolhida. Depois, não parece ruim ter uma idéia utilitária da humilhação: trivial que seja, nenhum dia será gratuito na vida de um eleito. Sinto-me reconfortado e me exorto em voz alta: Coragem, irmão! Paciência, paredro! Atenção, camarada! Estás vivendo hoje a tua obra de amanhã!

— Alea jacta est! proclamo para mim mesmo debaixo da marquise. A sorte está lançada!

Reveses

Acima da linha de montanhas, nuvens escuras e achatadas moviam-se lentamente para o norte — como uma manada de elefantes, pensou Nico, ele que não tinha visto elefante nem em circo. Logo começou a trovejar e a chover. No interior do trem um farfalhar de papéis e de mãos precipitando-se para baixar os vidros. Apreensivo e descontente com essa súbita desordem na calmaria de seu sonho, suspirou e fechou os olhos para tornar a abri-los em seguida, o coração acelerado. Um novo temor se apoderou dele — o de que uma fantasia interrompida jamais se realizará. O espetáculo da tempestade lá fora era grandioso, um céu fumarento dava às escarpas um aspecto de inferno de Dante, o inferno das gravuras de Gustave Doré que os padres mandavam copiar. O trem parecia navegar no vazio, em pleno ar, entre novelos de neblina. Mas o conjunto era de mau agouro.

Ele se lembraria disso dias mais tarde, quando seu encantamento sofreu um primeiro revés, aliás sério, diante dos portões da Universidade. Encarou os leões de pedra à entrada do pátio, guardiães do portão de ferro, os tijolos nus entre os canteiros de plantas judiadas, o velho sobradão em forma de U com duas alas de janelas superpostas ao longo da fachada senhorial, por dentro e por fora da ferradura. Era um cenário muito parecido com o que havia deixado para trás, e isso o desagradou. Lá dentro o homem do guichê usava camisa abotoada até o pescoço e recendia a água-de-colônia. Nico julgou que fosse um padre ou então um irmão leigo, pois aquele era um estabelecimento católico e havia irmãos leigos por toda parte. Experimentou de início um forte mal-estar, depois alívio e por último um sentimento de libertação quando começaram os problemas burocráticos e o irmão leigo, numa voz afetada mas inflexível, decretou que seus papéis não estavam em ordem.

— Não?

— Não senhor. Faltam as fotografias. E o histórico está incompleto.

— Incompleto? O senhor tem certeza?

Com a respiração entrecortada pela impaciência, porque havia uma imensa fila a atender, o nédio senhor pôs-se a explicar que o ingresso na Universidade exigia a integralização de sete anos escolares nos ciclos inferiores, e Nico só tinha completado seis. Poderia se inscrever para o vestibular mas não matricular-se, caso fosse aprovado.

Inteiramente confuso, Nico disse que escreveria a seus superiores para esclarecer o assunto. Quando mencionou a palavra *superiores*, ouviu risadinhas às suas costas. Voltou-se e viu rostos femininos que evitaram seu olhar desconcertado e continuaram trocando entre si expressões divertidas. Imaginou se não riam por outra coisa, quem sabe se pelo fato de ele ter dito que *escreveria*, quando poderia simplesmente telefonar. Acontece que, no seminário, o telefone era um tótem escuro embutido em seu nicho sagrado — a sala do padre reitor — enquanto a palavra grafada era acessível a todo mundo e por assim dizer universal. A carta, o diário e o relatório eram prática usualíssima. Mas ainda não era chegado o momento de Nico compreender que, tendo-se evadido de um mundo que começava a lhe parecer morto, partilharia agora seus dias com uma geração ágrafa, loquaz e que parecia viver num tempo diferente do dele; enquanto ele, sentindo-se pouco à vontade nesse outro mundo, era assim como alguém saído do século passado.

A começar pelo traje, um conjunto de brim cáqui talhado por alguma costureira de Minas, sob encomenda dos padres. O casaco principiava e terminava numa fieira de botões amarelos, o que lhe dava um aspecto de carteiro ou soldado de alguma milícia desaparecida; e as calças, afuniladas como as de um cortesão, interrompiam-se antes do ponto e destacavam uns sapatos de bico fino, também amarelos, rijamente amordaçados por cordões escuros. Talvez rissem também disso, ou principalmente disso.

Mais tarde, no quarto diminuto alugado perto da estação de trens, com dinheiro emprestado dos padres, sentiu toda a brutalidade da situação. Temeu que não houvesse sido feito para o mesmo mundo áspero de Hemingway ou daquele outro gigante do Norte, Walt Whitman, o que o colocava na condição de não haver sido feito para mundo nenhum. Mais que as zombarias, doíam-lhe as dificuldades criadas pelo maldito irmão leigo. Nada tinha de seu e ainda estava sendo usurpado. Ficou um dia sem sair à rua, nem mesmo desceu ao térreo, onde funcionava a cantina e serviam as refeições. Salomão, preocupado, mandou ver o que estava acontecendo. Um garçom entrou sem bater e encontrou Nico encarapitado na cama, a espinha dobrada sobre os joelhos, a cabeça amparada numa das mãos. Não era a primeira vez que o garçom via rapazinhos chegarem do interior para tentar a vida em Campinas, e ele próprio tinha sido um, muito tempo atrás. Chamava-se Deusdete e Nico viu logo que era um sujeito falante. Mas falava devagar e sabia valorizar as palavras. Parecia um elo possível entre o seu mundo morto e o mundo daqueles jovens da Universidade que vestiam outras roupas e falavam uma língua diferente da sua.

— Se a universidade não vem já, vem mais tarde, disse-lhe Deusdete naquele dia, para o consolar.

Esforçou-se por convencer Nico a encarar os fatos de frente.

— Enquanto isso, você tem um ano inteiro pra fazer o que bem entender, continuou. Meu conselho é que arranje um emprego.

Ofereceu-se para ajudar, pois tinha relações no comércio. Uma semana depois, Nico podia ser visto na esquina da Regente Feijó com a Benjamin Constant, de frente para o néon do cinema e de costas para um enorme painel de sabores de sorvete, e nem pensando mais na Universidade. Aquilo era o Zepelim, lanchonete e sorveteria. Seu patrão, um homem nervoso e de mãos pequenas que achava que os empregados o roubavam, jamais tinha pisado numa igreja e se dizia ateu com todas as letras. Se era mesmo ou se costumava rezar escondido, isso era outra coisa. Quanto à corrente da vida, bem, Nico estava agora inclinado a achar que ela passava em qualquer lugar, até mesmo naquele.

Sufoco

Altas horas, eu descia a pé a Rua José Paulino quando alguém me chamou da calçada oposta. Era Wilson, um negro alto e gordote que eu conhecia de freqüentar a sorveteria. Vestia um blusão de couro e atravessou a rua quando esperei por ele. Estávamos na altura do antigo Colégio Coração de Jesus. Peneirava um chuvisco fino.

— Tempo miserável esse, hein, disse Wilson.

Começamos a descer a rua juntos. Na porta do Centro de Saúde, um mendigo dormia estendido na soleira. Wilson perguntou se era verdade que eu escrevia poemas. Respondi que sim. Ouvira dizer que também escrevia em latim e grego. Desmenti esse boato: no máximo sabia umas declinações, uns prefixos.

— Seu irmão me disse que você aprendeu latim e grego na escola de padres. E que escreve peças de teatro também.

— Não é bem assim, respondi.

Começou a me dar conselhos. Dizia que um poeta como eu não devia trabalhar num bar. Respondi que era um trabalho temporário e que precisava de dinheiro. Não me importava de servir casquinhas e de carregar engradados para o depósito. Quando conhecesse gente bem postada e voltasse a estudar, mudaria de emprego. Na altura da Delfino Cintra passou um caminhão sacolejando correntes.

— Quanto tempo ficou na escola de padres? perguntou.

— Seis anos, respondi.

— Barbaridade. E como era a vida lá?

— Boa, acho.

Wilson riu:

— Mas vocês já estavam todos crescidinhos. E todos ali, presos.

A conversa tomou um rumo imprevisto. Ele quis saber como é que a gente se arranjava. Fiz-me de desentendido e ele explicou desenhando curvas no ar com as duas mãos: "Mulher". E respondeu ele próprio: "Já sei, apelavam pro prazer solitário". Admiti que não havia outra maneira de resolver aquilo. Rimos juntos, ele desbocadamente, eu meio sem jeito. Fomos atingidos pelos faróis de um Opala Cupê, e de dentro uns caras gritaram: "Ê, veados". Wilson virou-se e espetou um dedo para eles. Depois amaciou a voz. Quis saber a freqüência dessas práticas secretas. Calei-me. Não estava gostando do modo como o crioulo falava. Naquele ponto a rua era escura e desolada. Mais adiante havia um cemitério de automóveis. Ele insistia: quantas vezes? diariamente? três, quatro vezes por semana? Aquilo estava se tornando desagradável.

— Tá envergonhado por quê? Eu não sou bicha. Eu sou tão homem quanto você. Vou na zona, pego mulher, tenho as minhas transas. Por que está envergonhado?

— Não tou envergonhado.

— Sou homem e, olha, devia saber como sou conhecido no Itatinga. Pergunta por mim na Paraguaia, na Otília. Você nem imagina até que ponto eu sou homem. Não pode nem imaginar até que ponto eu sou homem.

— Não tou dizendo nada, eu disse.

Desceu um segundo negro pela rampa que dá nos fundos do Colégio Culto à Ciência e termina junto ao pontilhão. Não percebi de onde veio. Era tão alto quanto Wilson, porém mais magro. Tinha o rosto encovado e os olhos grandes e fundos.

— Que-que há? quis saber.

— Este seminarista pensa que eu não honro as minhas calças.

— Eu não disse nada, protestei.

— Ê, Wilson, calma, disse o outro.

— Calma coisa nenhuma. Vou estripar esse presbítero.

— Deixa disso, disse o outro. Basta ver se ele fica bonzinho e não reage.

— Pois então vem aqui e abaixa as calças dele.

O magro e alto se aproximou mais. Wilson fez um gesto de quem escondia um canivete na manga. Antes que se decidissem, tomei impulso e comecei a correr. Meus sapatos estalavam no asfalto e eu me assustava com meu próprio rumor. Corri com todas as forças que pude, correndo passei pelas sombras alongadas do cemitério de automóveis, cruzei os baixos do pontilhão e continuei, subindo sempre, até alcançar a avenida. Lá, me permiti olhar para trás. Os dois continuavam parados no mesmo lugar. Agucei os ouvidos. Dobravam-se de rir. Sentindo o suor me empapar o pescoço e vendo, ao longe, difusamente, as luzes de um posto de gasolina, sentei no meio-fio e não consegui segurar o choro.

Bellini

No Zepelim os fregueses sucediam-se como os rostos anônimos de uma estação de trens, e eu gostava de pensar que um dia eles se confundiriam todos num mesmo e avulso rosto: o Grande Freguês. Uma vez, porém, a coisa rompeu-se. Por descuido ou fatalidade, uma das cartas de amor que eu vinha escrevendo *sub pecunia*, por encomenda de um garçom do Rosário, me escapou da mão e voou para a calçada. Era endereçada a uma certa Anésia, mulher inteligente e aristocrática (segundo meu cliente) que mantinha uma casa de mulheres no Itatinga. O garçom estava caído por ela. Nesse momento entrou Ubaldo, o jornalista, e ao apanhar a carta adivinhou logo de que se tratava. Com entonação cômica, pôs-se a ler a coisa em voz alta:

— Querida Senhora Olga, permita-me iniciar esta carta com um breve poema que escrevi após muito refletir nas suas idéias sobre o processo de reencarnação.

"Reencarnação, hein?", cacarejou Ubaldo. Claro, as cafetinas sempre esperam reencarnar em damas da sociedade. A situação era pouco confortável e a atmosfera do bar nada propícia à leitura de poemas. Avaliei o desastre iminente. A barriga encostada no balcão, Ubaldo pediu um chope e buscou a atenção de sete ou oito fregueses vagamente interessados. A maioria desbastava laboriosas encostas de sorvetes. O patrão, no seu aquário de vidro, a tudo assistia contrito, certamente dominado pela suspeita de que, nisto de empregados metidos a poetas, o estabelecimento acabaria por se comprometer com o ridículo. De meu posto, manejando uma concha de metal, decidi fingir que não era comigo. Bicando o colarinho do chope, Ubaldo anunciou:

— Bom, vou ler os versinhos.

Disse isto antegozando a humilhação que estava prestes a me infligir. Nessa altura entrou um cliente novo. Ubaldo não o teria visto (tão entregue estava a sua tarefa espezinhadora) se o recém-chegado não se fizesse preceder de uma forte emanação de colônia.

— Ah, como vai, Professor Bellini? disse Ubaldo curvando a espinha como para lhe beijar a mão.

Compreendi que um tal tratamento pressupunha relações de dependência. Mais tarde soube: Armando Bellini, se não influía diretamente no jornal, teria meios de fazê-lo se quisesse, através de um irmão mais moço, Antonio Bellini, cuja participação na sociedade anônima era de 49%. Daí que Ubaldo efetivamente beijou a mão de Armando Bellini. Este nem a retirou de entre as patas do jornalista nem lhe facilitou a operação de retirá-la, de modo que Ubaldo teve de voltar a dobrar-se até o chão para fazer o que pretendia, visto que Armando Bellini não era alto e Ubaldo, um varapau, achava-se plantado um degrau acima dele.

— Parece que o senhor ia ler um poema, disse Bellini com o intuito de romper o constrangimento criado por sua chegada. E voltando-se para o balcão: Diógenes, um cafezinho, sim? E outra vez para Ubaldo: Sinceramente, eu não sabia que o senhor era poeta.

— E não sou, replicou Ubaldo, apavorado. E pôs-se a esclarecer com repentina humildade que não era, nunca fora e jamais seria poeta. Ao que o patrão, aboletado no aquário, julgou de seu interesse advertir que estavam perdendo tempo com uma besteira escrita (ou quem sabe copiada) por um de seus empregados. Ruborizei. Os olhos dilatados do professor, muito bovinos e líquidos, voltaram-se para mim. Em seguida o professor arrancou a página das mãos de Ubaldo, empostou a voz e leu:

Aonde foi que estivemos
antes de estarmos no calmo
desenho da mão?

Plantamos acaso fogo
fuga interior e febre
na memória do chão?

A ressonância da rima em ão foi valorizada pelo silêncio que Bellini fez em seguida, só perturbado, mas não rompido, pelo estralejar de um caminhão que passava. Temi que o desfecho fosse uma gargalhada universal. Em vez disso ouviram-se um plic (o ruidozinho da xícara de café no pires de louça) e o estalido da língua do professor.

— Besteira? Tem certeza que isso é mesmo besteira, seu Diógenes? Realmente também pensa assim, seu Ubaldo?

Ubaldo não sabia se pensava ou não. Quanto ao patrão, bem, nada tinha a ver com aquilo de rimas. Não era com ele, disse.

— Não? atalhou Bellini. Pois eu digo ao senhor que, na minha condição de professor universitário há trinta anos...

Parecia bastante disposto a me resgatar de minha insignificância e me elevar acima do balcão e talvez do teto do bar. Em suma, eis o que ele disse: que aquele poema, tão breve na forma porém de fundo tão belo — estranhamente belo, disse ele –, revelava que eu possuía o domínio do léxico mas também, intuitivamente, a compreensão da grandeza atávica do homem. Bastava ver o uso transcendente que eu fazia de palavras como fogo, febre, memória e fuga. Fiquei perplexo mas não surpreso: bem lá no fundo também eu achava um pouco aquilo, embora, desgraçadamente, jamais pudesse ter certeza.

Depois disso o meu apologista ficou por ali bicando outro cafezinho enquanto o aquário desafogava e a freguesia, sempre renovada, retomava sua costumeira indiferença pela grandeza atávica do homem. Subitamente apaziguado, Bellini assumiu um ar pastoso e contemplativo, e nessa atitude ficou por longo tempo, entregue a si mesmo e à observação da rua. E quando, sorrateiro, deslizou do balcão para a chopeira onde o Gato e eu lutávamos com uma serpentina avariada, ninguém notou seu movimento. Acercou-se da chopeira e começou a falar conosco num tom sussurrado de dar medo, certificando-se, vez por outra, de que não era ouvido pelo patrão. Primeiro, disse que era tolice um garoto como eu ficar por conta de indivíduos rasteiros como o Ubaldo; depois, que meu lugar era outro e isto se via até pela minha aparência.

— Imagine só, um talento como o seu!

E aos cicios, como se conspirasse:

— Olhe, fique com o meu cartão.

Despediu-se cerimoniosamente, com a dignidade de um catedrático. Da calçada ainda me acenou:

— Até loguinho, poeta.

Mal ele se foi, ouvi às minhas costas a risada sarcástica do Gato.

O Blazer

A redação da *Gazeta* ficava no último andar, o quinto. Quatro janelões se abriam para o nascente. À tarde, pombos vinham pousar nos parapeitos. Certa vez um pombo pousou bem na minha mesa. Tomei aquilo como um bom presságio, uma espécie de anunciação ou então, vá lá, o emblema da ave com o ramo verde no bico: o edifício do jornal uma arca a caminho de algum ararat. Ora, eu estava a um passo do meu destino. Embora fosse ainda um estagiário e me pagassem apenas um pouco mais que no bar, estava ébrio de satisfação.

Minha mente se alargava, distendia-se, crepitava. Eu finalmente podia medir forças com o mundo. Começava a mostrar do que era capaz. No dia de meu primeiro pagamento, desci à tesouraria e apanhei o dinheiro. Trazia no bolso da camisa o recorte de meu primeiro artigo assinado, aparecido naquele dia mesmo: uma descrição lírica do comércio de hortaliças no Mercado Municipal. Lembro-me que um veterano, Cataldo Bove, proclamou no meio da redação: "Vejam só, ele começa onde nós terminamos". Bove gostava de incensar a nova geração, e eu era tratado ali como um benjamim que, para falar do comércio de hortaliças, era capaz de discorrer sobre a república de Platão.

Subi a Rua Conceição, em direção à Catedral, e entrei na Casa Ezequiel. Fui direto à seção de roupas masculinas. Mandei descer três camisas de linho. "Elas vão botar minhas calças abaixo", pensei, "e transformar meus sapatos em lanchas velhas". Estava embaraçado e confuso. Desejava elucidar o milagre que me acontecera — de balconista a redator! — e gostaria de saber quais os limites daquela fantasia. Por certo resultaria num débito moral qualquer, não pequeno, e logo saberia a moeda com que deveria pagá-lo.

Em todo caso mandei descer as camisas; desceram. Mandei vir duas calças de brim; vieram. Ali mesmo no provador decidi cruzar a rua e ir à Loja Clark, onde compraria dois pares de sapatos, o que fiz logo que saí da Casa Ezequiel. Antes, porém, experimentei cinto, gravata, abotoaduras, três pares de meia, carteira dourada para cigarros, lenços e até roupa de baixo. Já faziam as contas quando vislumbrei um magnífico blazer entre as casimiras; diante do espelho senti que o blazer me alargava os ombros e os gestos, aumentando também minha autoconfiança.

— Fica muito bem em você, disse a vendedora.

— Acha mesmo?

— Na verdade, fica ótimo.

Me estudei de perfil:

— Bom, acho que você tem razão. Vou levar este também.

A conta subiu a vários algarismos e por pouco o dinheiro não dava, mas eu tinha guardado algum da rescisão com o Zepelim. Saí vestido como um príncipe. Os trajes antigos, meti-os numa sacola que a vendedora me arranjou. Em excelente estado de ânimo dirigi-me à sorveteria. Ainda estava preso à sorveteria como a uma espécie de eixo geográfico. Não por acaso, ao rescindir, havia guardado comigo a chave do cadeado do depósito de bebidas.

— Santo Deus, disse o patrão, você acaba de assaltar alguma loja?

Filho da mãe, pensei. Para impressioná-lo, tirei um cigarro e bati-o três vezes contra o couro da carteira antes de levá-lo à boca. Saquei o recorte do bolso e mostrei-o ao Gato. Ele elogiava minhas roupas, mas não sabia o que fazer com o recorte. Apontei o cabeçalho fabuloso.

— Percebe?

— O quê?

— É o meu nome, cara.

O Gato apertou os olhos, me encarou com ar de quem ia se desmanchar em felicitações mas logo entrou em dúvida. Receava estar sendo enganado. E falando a si mesmo, levantou a hipótese de que fosse outra pessoa o autor, alguma coincidência de nomes, e eu me aproveitando daquilo.

— Coincidência? Conhece algum outro com o meu nome?

Não podia conhecer, é claro.

— Pois então? respondi ofendido, eu que esperava do Gato uma atitude de reverência.

Esperava que ele levasse a novidade ao patrão, para o caso de o patrão tê-la deixado passar despercebida. Quase lhe disse: "Vamos, mostre a coisa ao imbecil do Diógenes, diga a ele quem eu sou". E, com efeito, o que eu era? Eis a pergunta que me fazia ultimamente diante do espelho e na frente de qualquer vidraça, em plena rua, e ainda há pouco na frente do espelho da Casa Ezequiel, admirado de meus próprios ombros, de meu queixo escanhoado e do vinco de minhas calças novas. Quem é esse rapaz? indagava a mim mesmo. É um jovem redator da *Gazeta*, respondia o espelho, aquele cujo nome acaba de sair no topo de um artigo cheio de qualidades. Sim, um autêntico artigo de jornal. Não viu? O espelho poderia também dizer outras coisas. Por exemplo, que este formoso rapaz, que até um mês atrás lavava taças numa sorveteria, acorrentado a um ambiente que o apequenava, é o autor de uma harmoniosa obra futura intitulada *Porcos e javalis*; que este inteligente e asseado rapaz, cuja pele cheira a água-de-colônia, acaba de cortejar em plena loja Mappin uma mulher casada ou noiva, não está bem certo; e que este voluntarioso rapaz, pouco antes de sair à rua, vindo do quarto humilde onde mora, triunfou heroicamente sobre si mesmo, contra todos os espíritos de Onã.

Compreendi logo que o Gato, na sua inocência, mostrava-se muito mais permeável à visão suntuosa de meu blazer que ao esplendor da letra impressa onde raiava o meu nome. Queria uma explicação para aquilo, queria saber se estavam me pagando tão bem assim para eu poder andar por aí como um lorde.

— Mais do que preciso e menos do que mereço, respondi.

E, como um lorde, baforei para cima.

No Mappin

Nesse dia a mãe veio vê-lo. Nico levou-a ao Mappin para ela comprar uma blusa. Começava a esfriar e ela estava despreparada. Enquanto a mãe percorria a seção de roupa feminina, deslizando de ilha em ilha, com a firme intenção de percorrer todo o arquipélago, Nico sentou-se numa cadeira e abriu um livro.

Na cadeira vizinha estava sentada uma mulher que também lia um livro. Observou-a de soslaio. Tinha o rosto ovalado, os olhos eram verdes e os cabelos escuros desciam até os ombros. O tecido da blusinha fina colava-se ao tronco frágil e delicado que no entanto descrevia um harmonioso percurso até os quadris fortes e destes para a solidez das coxas sob a saia estampada. Nico levou um pequeno susto quando viu a capa do livro que ela lia: era o mesmo que ele trazia, isto é, o *Quincas Borba* de Machado de Assis.

A quem ela espera? perguntou-se. Logo teve a resposta. Um homem se aproximou, entregou-lhe qualquer coisa em silêncio (um silêncio pesado) e afastou-se outra vez em direção aos provadores. Casada ou noiva? Seja o que for, em que página se encontrava? Esticou os olhos e descobriu que na página 194. Não teve dúvida de que ela terminaria de lê-lo naquela mesma noite, recostada num travesseirão, enquanto o marido, bem, o marido se ocupava de outra coisa num outro aposento, indiferente. Desejava que assim fosse e envergonhou-se disso.

Se está na página 194, refletiu, então seus olhos já passaram por aquele trecho que os dele haviam percorrido com uma emoção agravada pela imaginação:

Rubião disse esta última palavra, querendo pegar-lhe na mão. Sofia recuou a tempo; estava desorientada, não entendia e tinha medo. A voz dele crescia, o cocheiro podia ouvir alguma coisa... E aqui uma suspeita a abalou: talvez o intento de Rubião fosse justamente fazer-se ouvir, para obrigá-la pelo terror, — ou então para que o abocanhassem. Teve ímpeto de atirar-se a ele, gritar que lhe acudissem, e salvar-se pelo escândalo.

Teria ela sentido o mesmo que ele? Pareceram absortos na leitura durante quinze minutos. Mas demoravam muito a passar de uma página a outra. Na verdade, conjeturou, observavam-se sem se olharem. Teve certeza disso quando ela ostensivamente se voltou para ele e, deixando claro que havia notado a coincidência dos livros, sorriu-lhe. Mas não disse nada e fingiu voltar à leitura. Ao fim de dez minutos o noivo ou marido retomou e chamou-a à parte. Ela deixou o livro sobre a cadeira e acompanhou-o. Ele parecia irritado e insatisfeito, talvez com as camisas que provava, nenhuma delas boa o bastante para ele. Quando o indivíduo se afastou, ela ergueu os olhos para o teto e suspirou. Isto foi para mim, pensou Nico. E viu-a acomodar-se outra vez na cadeira, com uma graça de gazela, para então reabrir o livro. Pobrezinha, pensou.

Nesse ponto a mãe de Nico reapareceu e chamou por ele. Havia escolhido uma blusa que não lhe caía bem, e Nico teve trabalho para convencê-la disso:

— Está grande nos ombros, mãe.

— Mas eu sou apenas uma viúva, disse a mãe.

— Por isso mesmo, brincou Nico.

Quando voltou para a sua cadeira, a moça estava de pé mirando-se no espelho do pilar. Tinha ouvido a conversa e sorria. Juntou os cabelos para trás e passou-lhes uma presilha. Estava agora com o pescoço à mostra e Nico mais uma vez pensou que aquilo também era para ele. Teve então a idéia maluca de passar diante do espelho e encará-la por cima dos ombros, quase não acreditando no que fazia. Ela notou o estratagema e ao vê-lo passar pareceu acompanhá-lo com os olhos. Nico sentiu o rosto queimar de excitação. Vagaram os dois pelo arquipélago, em linha paralela ou de costas um para o outro, como estudando o terreno. Voltaram quase juntos para as cadeiras e tomaram a abrir os respectivos livros.

Pensou em lhe dirigir a palavra nestes termos: "O final é surpreendente". "Não me conte", ela diria. E ele: "Acha que a fantasia de Rubião é real ou imaginária?". Mas não chegou a dizer nada. O noivo ou marido estava outra vez de volta e passou por ela como um cometa, convocando-a com um movimento de cabeça. Ela se levantou e seguiu-o. Nico viu-os se afastarem em direção à saída e previu que, chegando à porta, ela voltaria a cabeça e sorriria de novo para ele. Mas não o fez e perdeu-se entre os clientes da loja.

Porcos e Javalis

As barraquinhas formavam um semicírculo que emprestava ao pátio um aspecto de aldeia indígena. Com um pouco de imaginação não era difícil ver naquelas colegiais de saia curta que perambulavam de braços dados entre o bingo e a toca do coelho, entre o jogo de argolas e o estande de tiro, qualquer coisa como deliciosas silvícolas em noite pré-nupcial.

Em torno da fogueira dez ou doze amazonas exibiam coxas monumentais durante o que era, sem dúvida, a dança do amor em floração. A discreta vigilância das freiras, coisa muito natural numa praça missionária, não atenuava o calor que subia das achas, com suas elevações de fumo branco, nem a quentura íntima do gengibre.

Estenderam a Nico um copázio fumegante e a bebida desceu-lhe, escaldante, goela abaixo. Bebendo, experimentou uma alegre expansão dos sentidos, qualquer coisa estalou dentro dele, uma espécie de claridade com verberações internas, de cuja existência não suspeitava. Então isto é a corrente da vida, pensou.

Viu um rosto conhecido no controle do aparelho de som e marchou trôpego para lá, sem se dar tempo de descobrir quem era, nem no que ia lhe dizer. A noite em combustão e a explosão crepitante das caixas acústicas tinham acordado nele o ser selvagem que era, ou achava que era. Como foi mesmo que Fernando Pessoa seduziu Ofélia? perguntou-se. Num serão em que faltara luz no escritório de Felix & Valladas, respondeu, onde o poeta traduzia cartas comerciais para o inglês e Ofélia martelava uma pesada Remington, Pessoa saiu de seu mutismo habitual para lhe dirigir galanteios. Embora Ofélia mais tarde lhe exigisse explicações, a intimidade prosperou e atingiu o clímax de um beijo roubado sob a escada do prédio. Mas nada além disso, nem Pessoa era capaz de arroubos maiores. Quanto a mim, pensou Nico, sou de outra época e tenho a vantagem do gengibre. O nome de Ofélia despertou nele a lembrança daquele rosto e daqueles olhos. Mas é a Sofia das lojas Mappin! sussurrou para si mesmo.

Apresentou-se aos berros por causa do ruído dos metais. Disse qualquer coisa como "Nico, Machado, Rubião", mas ela não atinou com a brincadeira e ele resolveu jogar com o mistério, com o improvável, revelando sua verdadeira identidade, da qual ninguém suspeitava:

— Nico Pereira, o autor de *Porcos e javalis*.

Ela, o ouvido em concha:

— Como é? O que disse?

— Porcos. Javalis.

Viu-a explodir numa risada jubilosa. Achara engraçadíssimo. Não pareceu reconhecê-lo. E apontando na direção da madre e de duas freiras rubicundas:

— Tem razão. Sempre achei que se pareciam com bichos.

De repente, pareciam mesmo. Nico não esclareceu a confusão, e enquanto o pátio trepidava ao som da marchinha da Copa do Mundo ("Noventa milhões em ação...") ficaram os dois a se divertir com a súbita semelhança das pessoas com os animais. Dois jegues ali mastigando pipocas. Ratazanas escapando de uma barraca. No jogo das argolas, dois dálmatas e um cão policial galanteando uma poodle.

— Olha aquele porquinho-da-índia, disse ela sufocada de riso.

Era o professor de religião atravessando o pátio em companhia de sua volumosa mulher.

— E a vaca malhada pendurada no braço dele, Nico replicou às lágrimas. Parece que vai mugir.

— Muuu, fez Letícia pelas costas da gorda.

A partir daí, qualquer vulto humano que passasse rente ao estrado onde eles se achavam, em meios aos discos e às caixas de som, era imediatamente transformado em quadrúpede: bode, zebra, raposa, paca, tatu, cavalo, pantera, leão. Mais tarde, quando a fogueira já havia baixado ao nível de uma chamazinha-piloto e Letícia tentava reavivar o braseiro com um graveto, Nico indagou dela, olhos nos olhos:

— E eu, hein, com que bicho me pareço?

As achas tinham desabado sem rumor, a música diminuiu, a festa declinava. Famílias inteiras se arrastavam para o estacionamento, meninos incendiavam os últimos buscapés. Foi então que, pondo nele uns olhos piscos e ignorando sua pergunta, informou que se chamava Ana Letícia.

— Letícia, repetiu Nico aceitando o seu jogo. Sabe o que significa? Ela não sabia.

— Alegria. *Laetitia*. Significa alegria em latim.

— É mesmo? Pois mereço esse nome. Em vinte anos de vida acho que nunca ri tanto.

— Verdade? E Ana é um nome palindrômico.

— Palim o quê?

Nico explicou o que era palindrômico e ela ficou pensando seriamente no assunto. Era mais alta que ele e tinha prumo: certa harmonia dos quadris e do busto. Furinho no queixo redondo, o que não quer dizer que fosse gorda. Cheia de corpo, vá lá. Estava remexendo o braseiro e Nico se ocupava de estudá-la por trás quando ela estalou dois dedos. Tinha encontrado o animal que correspondia a ele.

— Um potro, disse.

Ele riu pensando não ter entendido direito. Ela repetiu:

— É isso, um potro. Potrinho interessante.

Desconcertado, Nico agradeceu pelo *potrinho*, mas queria saber por que *interessante*. É que até aquele momento tinham nomeado todo tipo de "bicho" naquele pátio, mas sem propriamente qualificar nenhum.

— Ah, mas a você eu qualifico, ela disse.

Nico achou que devia retribuir à altura, logo descobrindo nela uma autêntica andorinha-do-campo. Não um quadrúpede, mas uma ave. Secretamente achou que estava sendo generoso com ela, mas não estava ali para estabelecer a verdade das comparações universais.

— Hum, fez Letícia tatalando os braços. Sempre achei mesmo que ia acabar voando um dia.

E ensaiou uma corridinha infantil no pátio já deserto, abrindo e fechando os braços como se voasse.

Os Casulos

À noite, no seu quartinho, sentou-se diante do espelho para escrever uma carta de amor. Tinha a firme intenção de declarar-se, mas deu tantas voltas que, no fim, a intenção se dissipou em confidências inócuas e na descrição de um sonho. No objeto de sua paixão propriamente não tocava. Esperava que ela soubesse ler nas entrelinhas.

A essência da carta era um sonho. Não explicava quando o tinha sonhado, se antes ou depois do passeio de bicicleta com ela. Na verdade isso importava pouco, pois tudo não passava do produto de sua fantasia e de um estratagema para impressioná-la. Assim, nesse sonho inventado ele estava em companhia de Letícia na cidade de Praga. Passeavam pela cidade. Num bosque à margem do Moldava estalava o canto das cigarras. Centenas, talvez milhares de cigarras. Caminhavam por entre choupos e cedros velhos, sob intenso zumbido metálico, como se uma velha orquestra medieval afinasse ali o seu naipe de trombetinhas rachadas. Mais adiante pararam para contemplar um tronco nodoso coalhado de casulos translúcidos. Apresentavam patas, cabeças e barbatanas, essas roupagens transparentes e belas onde antes haviam estado as cigarras em trabalho de metamorfose. As cigarras tinham migrado para as altas ramagens e cantavam, mas sua pele enrijecida continuava aderida aos nódulos do tronco como corpos libertos de suas almas (ou almas cujos corpos houvessem batido em retirada). No sonho, Nico explicava a Letícia essa delicada idéia quando um homem se deslocou entre as árvores.

Alto e magro, usava chapéu e tinha orelhas de abano. Recolhia casulos do tronco de uma grande árvore. Quando se aproximaram dele, o homem disse: "Sou Franz Kafka e estou recolhendo casulos para a minha noiva de Berlim". "Quem é ela?", perguntou Nico. Ao que Kafka respondeu: "Felice Bauer".

O ardil era simples. Na manhã seguinte Nico foi ao Bosque dos Italianos, recolheu alguns casulos e levou-os para Letícia numa caixa de cigarros vazia. Seu plano era revelar o conteúdo da caixa somente depois que ela lesse a carta, para tirar proveito de sua matéria onírica e assim criar um clima de emulação. Ele seria Franz, ela Felice. Mas perturbou-se tanto no momento de começar a falar que, incapaz de controlar os movimentos das mãos, viu-se espalhando os casulos sobre a mesa da cozinha onde ela apoiava o braço direito. Viu-a recuar o corpo, horrorizada, e contrair o rosto numa expressão de nojo:

— O que é isso? Insetos secos?

Rindo, Nico ergueu um dos casulos entre o polegar e o indicador.

— São só uns casulos de cigarra. Trouxe para você. Não são bonitos?

Ela não achava. Tinha pavor de insetos. E aqueles estavam mortos, eram como cadáveres mumificados.

Sem esperança de fazê-la gostar dos casulos, Nico estendeu-lhe a carta que trazia dobrada no bolso. Ela o encarou desconfiada, apanhou a carta e disse:

— Meu poeta anda cheio de surpresas hoje, hein.

Leu a carta sem fazer comentário. Mas os movimentos dos músculos de seu rosto prestavam-se a uma leitura tão transparente quanto os casulos. Depois, de repente, quis saber: se era mesmo verdade que ele nunca havia beijado mulher nenhuma. Nico respondeu que, não sendo mentira, aquilo era apenas meia verdade. Letícia vagamente sabia alguma coisa sobre Rafaela.

— Ela estava usando aparelho ortodôntico, explicou Nico, e não queria que nosso primeiro beijo tivesse gosto de metal.

Os olhos dela se apertaram irônicos, a voz cheia de farpas:

— É porque ela manca de uma perna, não é?

Nico empalideceu. Ela não precisava ter lembrado a mancadura. Era como se quisesse torná-lo indigno do amor de alguém que andasse no prumo. Como se pretendesse colocá-lo no seu lugar. Como se ele também fosse manco e, por coerência, devesse se entender lá com os mancos.

— Pensando bem, disse ela mudando de tom, acho que não podia mesmo ser diferente. Afinal de contas, você está há apenas seis meses no mundo...

A voz dele traiu mágoa:

— No mundo profano, você diz. Por que está me tratando como um recém-nascido?

Ela riu. Retirou um casulo da caixinha de cigarros, já sem qualquer sombra de horror ou asco, e se pôs a examiná-lo contra a luz. Seu jogo é mais complexo do que parecia, pensou Nico. Teve medo da própria inexperiência. Ela mordeu um lábio:

— Claro, o seminário também é uma espécie de mundo, não é mesmo. Mas não como aqui. Como é que vocês suportavam?

Nico achou a questão vulgar. Lembrou-se de Wilson, que lhe tinha feito a mesma pergunta. E imaginou o que viria depois. Ela pareceu ficar satisfeita com seu silêncio, e agora olhava para ele de um modo enternecido. Correu-lhe a mão pelo rosto e disse num quase murmúrio:

— Coitadinho de você, Nico Pereira!

E baixou ainda mais o tom de voz, modulando-a, adoçando-a:

— Pois vou mostrar a você o que é um beijo de verdade.

E tomando-lhe o rosto entre as mãos, beijou Nico na boca, a princípio suavemente, depois com força e até com violência. Meteu-lhe a língua entre os dentes, correu-lhe o céu da boca como uma enguia em alvoroço. Nico levou um instante para se recuperar. Quando se achou em condição de corresponder, ela soltou-se dele, rindo, e correu para o quintal. Ele seguiu atrás e conseguiu apanhá-la, aprisionando-a pelos quadris. Manteve-a assim junto dele, ofegante, como um animal prestes a ser abatido. Mas então ela girou o corpo, muito feminina, e colou o dedo indicador em seus lábios, como se os lacrasse. Disse:

— Devagar com o andor, coração.

O Píer

Grilos afiavam serras nas quaresmeiras. Alguém acabava de se recostar na janela, as costas voltadas para o campo, silhueta fantasmática no cubo iluminado.
— Vamos sentar ali, disse ela caminhando para o píer.
— Não está frio? perguntei sentindo a aragem do rio.
— Quero ver as estrelas. Qual é o nome daquela ali, pendurada no galho da árvore?

Talvez fosse Sirius, onde ladra o Cão Maior, mas estava longe de saber. Para impressioná-la, dei um nome qualquer, Aldebarã ou Bellatrix, e depois procurei me distrair da mentira acendendo um cigarro. Ofereci-lhe um, que aceitou. Sentamos na beira do píer e ali ficamos, fumando calados ou travando diálogos curtos e descontínuos. Mas a conversa era outra, subterrânea. Eu pressentia nela uma certa excitação, um tom de voz diferente, mas isso podia ser efeito dos perfumes da noite. Nunca se sabe ao certo, pensei. Ela dizia:
— De pequena, antes de minha mãe morrer no hospital, eu me sentava nos degraus da cozinha e tentava contar as estrelas. Depois que ela morreu, meu pai costumava apontar uma estrela grande e dizia que ela tinha ido para lá.

Ficou de pé no píer e se pôs a procurar essa estrela no céu. Apontou para o Leste e exclamou:
— Deve ser aquela!
— Mas aquela é Marte. Não é uma estrela. É um planeta.

— Dá no mesmo.
E chegando mais perto:
— Escuta, por que não diz um de seus poemas pra mim?
Respondi que não me lembrava de nenhum.
— Olha que talvez eu não te dê outra chance.

Por um momento tive a impressão de que virava um brinquedo na mão dela, e que ela, mais experiente, começava a jogar alternadamente com os instrumentos da sedução e da recusa. Talvez estivesse sendo usado para provocar o ciúme do noivo, de quem dizia não gostar, mas de quem não se desgarrava. A essa altura ele já devia ter dado pela falta de ambos, e isso me punha vagamente intranqüilo. Em todo caso fiquei de pé na mesma posição em que ela estivera antes, sentindo a madeira do píer estalar sob a sola de meus sapatos. Declamei:

Sombra da grande muralha da China
mistérios dos quintais remotos
pomares que só em imaginação percorro
eu vos saúdo
com um gesto que anula todas as distâncias
o que está longe é o que está mais perto de mim.

— Lindo, ela disse. Mas, sabe? Sou burra demais pra compreender. O que você quer dizer com "o que está longe é o que está mais perto de mim"?

Expliquei minha teoria do longe-perto. Quanto mais distante se acha uma coisa, mais o desejo da pessoa recai sobre ela. Exatamente por não poder alcançá-la. E, não podendo alcançá-la, mantém a ilusão de que há sempre uma coisa bela e fascinante em algum lugar a sua espera, negando e compensando a feiúra das coisas que estão próximas e ao alcance da mão. Essas coisas a gente quer menos, porque seu fascínio é menor.

Ela me encarava de olhos dilatados.
— É assim que você se sente?

— É assim que eu me sinto. Mas não são só as coisas distantes que me fascinam. Na verdade o que eu queria era estar em todos os lugares.

— Todos os lugares? E aqui, não?

— Bem, aqui eu conheço. Minha fantasia não pode estar aqui. Ela está longe, nos lugares que não conheço.

Ela quis saber que lugares eram esses.

— Ah, as margens do rio onde Hemingway pescou trutas e depois descreveu em seu conto "O grande rio de dois corações"; o quarto de Franz Kafka na Rua dos Alquimistas, em Praga; a cabana onde Henry Thoreau morou sozinho durante dois anos perto do lago Walden; a janela onde pousou o corvo de Poe em Baltimore; o cubículo de Fernando Pessoa sobre a Leiteria Alentejana, em Lisboa; o sótão de Balzac em Paris quando ele tentava ser escritor.

Ela se calou e manteve os lábios apertados. Depois disse:

— Se você quer estar em todos os lugares, então não pode deixar de querer estar aqui também. Aqui também é um lugar, não é mesmo? e certamente não dos piores. Walter me disse que se você der uma volta ao redor do mundo vai acabar retornando ao ponto de partida. Nesse caso, o lugar mais distante de você é exatamente o lugar onde você está.

Aquilo não era apenas surpreendente, mas rigorosamente verdadeiro. Me ocorreu então que ela pudesse estar ressentida com sua exclusão de todos aqueles lugares longínquos. Se eram nomes estranhos para ela, não lhe podiam evocar qualquer emoção ou sentimento, a não ser o da estranheza. Quando ela se pôs novamente de pé e tomou o caminho da cabana, compreendi que a tinha magoado.

— Vamos entrar, disse de repente.

O noivo acabava de sair da cabana e caminhava na direção do píer.

O Estrangeiro

Cruzou a avenida com o sinal aberto para o tráfego. Na altura da Catedral verificou que estava correndo. Dobrou à esquerda indo contra uma barragem de pombos. Os pombos voaram com estrépito quando ele passou e depois pousaram no mesmo lugar, sobre o calçamento pastoso. E quando finalmente alcançou a Rua Conceição e viu a fachada opaca do jornal com suas sacadas de capitéis, recebeu no olho esquerdo uma espessa gota d'água e depois outras na cabeça e nos ombros. Suspirou aliviado ao avistar Letícia parada sob o toldo onde se lia em letras parrudas: A GAZETA. Usava o mesmo vestido de alças do dia do passeio ao pesqueiro de Walter. Eram dez e quinze.

De mãos dadas vagaram pelo centro da cidade, sem destino certo, com a vaga intenção de entrarem num cinema. Tinham combinado ver antes um filme de amor para (palavras dele) encontrarem a "atmosfera apropriada". De preferência um filme europeu, ele disse. E explicou: a paisagem das cidades européias dava densidade às paixões.

Apertando-se ao lado dela na calçada inclinada, Nico alegrou-se ao divisar, na perspectiva da rua estreita que se quebrava como um cotovelo, o velho casarão do Jóquei Clube. Viu o prédio como uma cunha européia na paisagem prosaica, esforçando-se por imaginar que descia a Rua Bratislav em direção à Spornegasse, com destino à Praça Malá Strana.

Com a estúpida esperança de aliciá-la para suas fantasias, falou-lhe dessas ruas de Praga que Franz Kafka percorria, talvez em companhia de Felice Bauer ou de Milena Jesenská. Mas ela estava levemente irritada por causa de sua demora e disse-lhe, sem suavidade alguma, ao indicar uma placa onde se anunciava a Rua Dr. Quirino:

— Olhe, você que lê tanto não sabe ler uma placa? Eu não sei quem foi esse sujeito, mas sei que foi posto aí porque esta é uma rua do Brasil, não está vendo? E aquela é a Rua General Osório, que deve ter lutado em alguma merda de guerra e matado muitos índios paraguaios. E aquela é a Rua Lusitana, cheia de lojas de turcos e onde meu pai envernizou milhares de móveis. E eu sou Ana Letícia Leitão (Leitão, entendeu?) que é um sobrenome que detesto mas vou carregar a vida inteira.

Aquilo esfriou seus sentimentos. De repente já não estava interessado em criar atmosfera nenhuma, mas sim em aviltar suas melhores intenções em qualquer canto escuro de porão, o que aliás era um outro sentimento recorrente contra o qual (agora descobria) tinha estado lutando. Lembrou-se da cena de *O processo* em que Josef K. atraca-se com Leni num lugar sujo e mal iluminado. Reconfortou-se ao pensar que, sem saber, vinha experimentando sensações muito kafkianas. Mas isso Letícia jamais entenderia, simplesmente porque não estava à altura de entender.

Diante da porta corrugada do depósito de bebidas, ele patolou-a com a mão em concha. Ergueram a porta com cuidado para não fazer ruído. Saltaram para dentro e tornaram a baixá-la, desta vez com estrépito. Ficaram um instante imóveis junto à porta fechada, ofegantes, acostumando-se à escuridão. Aos poucos começaram a divisar o contorno das coisas. Pairava um cheiro forte de lúpulo. De todos os lados elevavam-se compactas colunas de engradados, a garrafaria perfilada como um exército de cabecinhas vigilantes. Havia mais garrafas vazias que no seu tempo de empregado da lanchonete, parecia-lhe. Só então procurou o comutador e acendeu a lâmpada de 40 watts.

— Deixa apagada, ela disse.

Nico obedeceu. Agora que as pupilas tinham se habituado à falta de luz, não fazia mesmo muita diferença a lâmpada acesa ou apagada.

Uma claridade leitosa coava-se do diminuto respiradouro gradeado que os vigiava, do alto, como um olho na parede. Dava um ar de irrealidade ao aposento.

Nico tirou o blazer, a gravata e a camisa de linho. Procurou os pregos que ele e o Gato haviam afixado nas paredes, exatamente para servirem de cabides, e pendurou cuidadosamente cada peça em um prego. Havia pelo menos oito pregos cravados em pontos diferentes do depósito. Ia tirar também as calças, mas achou que era melhor fazer com que ela se despisse primeiro, para o que aliás não faltava muito. Era só puxar aquelas alças para baixo e deixar cair o vestido. Avançou para ela com esse propósito, mas Letícia esquivou-se e a mão estendida ficou no ar. Antes de qualquer coisa, ela queria beber. Tinha sede. Disse:

— Tanta bebida aqui e essa pressa toda. Por favor, ache um abridor de garrafas.

— O que vai ser?

— Cerveja.

Nico procurou um abridor por todos os cantos e não encontrou. Não houve jeito senão abrir penosamente as garrafas com a ajuda de um prego que arrancou da parede. Nico lembrou-se que o Gato era especialista em arrancar tampinhas de garrafas com os dentes, mas ele não era o Gato. Se fosse, pensou com um suspiro, já teria subjugado essa mulher há muito tempo, teria feito dela gato e sapato, talvez até a tivesse espancado e cuspido nela. Era o que às vezes tinha vontade de fazer.

Enquanto bebiam e Letícia, a todo instante, puxava o vestido para baixo com o fim de esconder as coxas, como se fosse a mais pudica das mulheres, Nico controlava a raiva que sentia por ela ser assim.

Mas ela estava ficando bêbada rapidamente e falava sem parar, misturando às palavras um riso escarninho.

— Vou dizer o que não suporto em você, Nico Pereira.

— O que é?

— Não suporto essa sua mania de gente estrangeira.

E depois de sorver um grande gole de cerveja:

— Essa tal de Felícia não sei o quê. Esses escritores de merda. Afinal de contas, Nico Pereira, em que mundo você vive?

Nico não respondeu. Ela continuou:

— Rua isto, rua aquilo. Nunca a rua que você pisa.

E em seguida:

— Você deve ser maluco! Você parece um fantasma!

E ainda:

— Sabia que vive num mundo de mentira?

Viu-a se levantar e caminhar entre as caixas de cerveja. Antes que ela dissesse qualquer coisa ou quem sabe fugisse, Nico se lançou para cima dela e enlaçou-a com força. Como ela resistisse, apertou-lhe o torniquete de seus braços e tomado de fúria pôs-se a beijá-la no pescoço, nos ouvidos e na boca. Lutaram perigosamente entre as caixas, ela tentando escapar, Nico sufocando-a em suas tenazes. Uma caixa foi ao chão. A explosão das garrafas contra o cimento cru a assustou e ela deu um grito. Estava trêmula e largada, sem forças para resistir mais. Então, sem pressa, Nico a arrastou para o lado seco do depósito, a salvo da molhadura e dos cacos de vidro. Com uma das mãos terminou de despir-se, enquanto com a outra mantinha-a imobilizada. Em seguida a deitou no chão e ergueu-lhe o vestido até os rins. Sem dar ouvidos a súplicas, ajeitou o membro rijo entre suas coxas e afundou-se nela com um grunhido animal. Passou a trabalhar como um pistão. Era como penetrar num campo de sargaços, se é que sabia o que era um campo de sargaços. Dela agora não vinha nenhum gemido, parecia inanimada embora mantivesse os olhos abertos e fixos no teto. Somente sua mão esquerda se movia rente ao chão como uma pata crispada.

Sentindo-se crescer dentro dela, soprou-lhe no ouvido:

— Vaca de praia!

E subindo o tom, enquanto bombeava com regularidade e violência crescente:

— Toma, bandida! Toma! Toma!

A certa altura ela estremeceu, a mão crispada procurou-lhe as costas. Nico sentiu a pressão de seus dedos, pressentiu que ela ia cravar-lhe as unhas. Estava outra vez lutando para escapar. E como ele, agora, se revelasse infinitamente mais forte, porque parecia possuído pela resistência de mil demônios, ela fixou nele os olhos esbugalhados e cuspiu-lhe no rosto. Nico riu e pressionou mais forte suas costas, como se quisesse aderi-la ao chão do depósito. Ao mesmo tempo passou a fazer nela o trabalho furioso de uma perfuratriz. Letícia gemeu e Nico, pressentindo que se esvairia dali a instantes, desprendeu-se e com gestos precisos virou-a de bruços. Estava tão determinado que ela parecia feita de pluma: não pesava nada. Botou-a de quatro. Teve um instante de contemplação para sua bunda reluzente e depois para seu membro teso e palpitante: liso e úmido como um círio. Um grande e oloroso círio pascal. Então, sem pressa, com o sumo daquela cusparada lubrificou-lhe o esfíncter. E veio-lhe à mente a velha cena de Henry Miller ("Ui, ui, ui", dizia a dama posta de joelhos enquanto Miller a sodomizava na borda da banheira) mas agora aquilo lhe parecia remoto e irreal, para não dizer pequenino. Talvez Letícia tenha razão, refletiu, a vida real é aqui mesmo, é isto que me está acontecendo agora, esta comissura que começo a dilacerar sem que eu dê atenção a seus protestos. E sem qualquer esforço compôs para uso interno um pequeno improviso:

Uns caçam leões
outros baleias
e ainda outros constroem cabanas.
Eu sodomizo.

Na verdade, ela já não protestava. Somente havia começado a chorar baixinho. Parecia conformada. Sua luta havia terminado. Então passou a bombeá-la com fúria cega, como um cavalo enlouquecido.

Borrasca

Subiram a porta com um tranco. O corpanzil atarracado do patrão apareceu de pé na soleira, o rosto contraído, tentando adaptar os olhos ao ambiente. Atrás dele entrou Walter. A luz do dia invadiu o depósito, lambendo as colunas de engradados de cerveja e trazendo junto o reino urbano dos sons. Em algum lugar um galo cantou, seria possível? ou talvez fosse apenas o grito delirante de um locutor de futebol. Depois ouviu claramente a algazarra que se propagava por toda a extensão da rua, da cidade, do país. Imaginou, no interior dos apartamentos e das lojas fechadas, as pessoas abraçando-se e beijando-se por conta daquele fato insólito: um pontapé certeiro desferido a milhares de quilômetros de distância, numa tarde mexicana.

Nico levantou-se, vestiu as calças sem tirar os olhos da porta. Não buscou dissimular nada. Caminhou em direção à porta com o propósito de precipitar as forças do destino. Acreditava cada vez mais nisso: nas forças do destino. Só então foi reconhecido. Ouviu o berro do patrão:

— Você! Seu cretino! Miserável!

Nico não se importou com ele. Sua atenção estava toda concentrada no noivo, que ainda não tinha ousado entrar. Armado? Continuava ali parado, alto como um poste, tentando se compenetrar da gravidade da situação. Suas mãos estavam crispadas e a expressão do rosto era de incredulidade. Está fora de si, pensou Nico, vai esperar que eu me aproxime e então vai saltar em cima de mim. Apesar disso, chegou tão perto dele que se esticasse um braço poderia tocá-lo. Viu sua boca fender-se numa careta.

— Ah, o ladrãozinho de bar.

E entabulou com o patrão uma conversa só deles (como se ele, Nico, não fosse parte interessada) sobre a soma de dinheiro que deveria ser devolvida à caixa quando o *rato de bar* fosse apanhado e moído de pancadas, como aliás tudo indicava que ia acontecer. O patrão respondeu que havia perdido a conta do quanto lhe tinham roubado, mas que seu contador e a polícia chegariam a uma conclusão a respeito. Então, dirigindo-se ora ao patrão, ora à platéia de curiosos que se aglomerava lá fora, o noivo deixou uma pergunta no ar: se alguém sabia como é que Nico estava em condição de vestir aquelas roupas e calçar aqueles sapatos. E, para chegar ao ponto, usou à expressão "garoto de aluguel".

— Pois é isto o que ele é, disse. Um garoto de aluguel.

Naturalmente, com tais palavras, atingia também a noiva.

— Seu filho da puta!, Nico uivou e deu um passo adiante.

— Filho da puta é você! respondeu o noivo avançando para ele de punhos cerrados.

Nico esquivou-se e percebeu, nesse movimento, que o infeliz claudicava. Estava borracho. Ou porque julgou que ele ia sacar qualquer coisa da ilharga ou porque lhe pareceu que o momento era aquele, Nico apanhou uma garrafa de malzebeer e não esperou mais nada. Vibrou-a na testa do cachorro. O noivo cambaleou, tentou segurar-se e tombou levando de roldão uma pilha de caixas de cerveja. Foi um estralejar sem fim de vidro moído.

— Patife! Miserável!, ainda lhe gritou por cima.

Tão logo compreendeu que o inimigo estava fora de combate, o sangue jorrando copioso do supercílio aberto, juntou suas roupas e vestiu calmamente peça por peça: primeiro a camisa amarela, depois a gravata e por último o blazer. Ajeitou o nó da gravata antes de sair. O patrão, trêmulo, recuou três passos para ele passar. Nico avançou sem dizer nada. Ao passar pela vítima, foi subitamente tomado de imensa pena de Walter, ternura quase, e isso o magoou. Teve ímpeto de lhe pedir perdão, nunca havia ferido ninguém antes, não assim. Letícia estava ajoelhada ao lado dele, chamando-o pelo nome, tentando lhe estancar o sangue com um lenço. Ela acaba de fazer sua escolha, disse Nico a si mesmo. Mas emendou logo: Deixa de besteira, Nico, faz muito tempo que essa escolha já foi feita.

Na rua, alarmada, a multidão lhe abriu caminho. Ninguém o deteve. Sem olhar para trás, dobrou a esquina e desapareceu. Pôs-se a andar sem rumo. Andou a tarde toda. Caiu um temporal e ele continuou andando. Andava e não se lembrava das ruas que tinha percorrido, nem das praças onde se sentou para descansar, para tentar entender o que acontecia com ele. Há sempre um significado, pensou, a não ser que tudo seja sonho. "Você nunca será nada", dissera-lhe o patrão. Continuava chovendo e ele não se importou. Queria que chovesse toda a chuva do mundo. E quando a chuva parou, tomou o caminho do bosque. Ultrapassou o portão de entrada e vagou sozinho pelas trilhas gotejantes. Da guarita um guarda olhou para ele com desconfiança. O ar saturado de umidade parecia parado debaixo das folhagens, espesso demais para poder subir. Ora, ora, isto não é nada, não é nada, tentava persuadir-se. Atravessou a pontezinha oriental e quebrou na direção da jaula dos macacos. Estavam tão quietos e encolhidos que parecia não haver ninguém lá dentro. Ah, falou alto, estou perdido, completamente perdido............................
....
....

A Viagem
de Volta

I

O hotel Porto Bello, em Uberaba, é simples e aconchegante. Uma escada em caracol leva ao andar de cima. Fui alojado no quarto 116, contente de encontrar uma escrivaninha e uma cadeira ao lado da cama. Apesar do cansaço e da hora tardia (já passava das duas da manhã), sentei para tomar nota das impressões mais vívidas das últimas oito horas.

Não eram muitas. Uma árvore alta e de galharia soberbamente distribuída (como um cálice) que vi no meio do campo verde, depois de Leme, atraente a ponto de eu manter a cabeça voltada atrás até perdê-la de vista. As tintas sangüíneas do céu sobre a Anhangüera, estrada muito menos opressiva no sentido interior que no trecho Campinas–São Paulo. As luzes de Ribeirão Preto emergindo na distância, como um grande navio iluminado. A entrada por suas ruas centrais tão semelhantes às de Campinas, embora mais sujas. O Pingüim, choperia que é quase uma extensão do Teatro Pedro II, tão animada é, e onde causamos espanto ao trocar o famoso chope por refrigerantes e sucos.

E depois, na estrada, a brincadeira inventada por meu filho de ocultar à namorada o roteiro da viagem (fazia parte do jogo amoroso deles), de modo que Ribeirão Preto foi renomeada para Terras Negras, Uberaba se transformou em Terra do Úbere e Campos Altos, por antinomia, em Terras Baixas. O povoado de minha infância, aonde me conduziam os meus sonhos recorrentes, eu não ousava mencionar ainda.

No Porto Bello, eu não contava com o fantasma da insônia. Fiquei pensando naquela Uberaba deserta às duas da manhã e presa de sua atmosfera nostálgica, como que remota na história. Uma vez embarquei num trem nessa cidade, mas quando? Nem mesmo me recordava para onde. Foi há muitíssimo tempo e eu estava sozinho. Agora eu via de novo essas ruas largas como rios, porém amesquinhadas por uma arquitetura desgraciosa. Que não me desagradava: ao contrário, restituía-me à simplicidade de antes, que dispensava todo acessório. Rolei na cama até as quatro. Como seria o dia seguinte? Como eu seria recebido no povoado? Não estaria enterrando o meu tesouro imaginário?

Tínhamos pedido ao porteiro para nos acordar às oito. O café da manhã era servido das sete às nove. Na portaria agora estava uma moça. Perguntei sobre o estado de conservação da BR 262.

— Péssimo. Mais buraco que asfalto.

E contou que seu noivo, ao fazer esse trecho um mês antes, tivera um pneu furado na ida e outro na volta. Recomendou cuidado. E ela tinha razão. Um percurso que era para ser feito em duas horas levou quatro e podia levar mais, se alguma coisa se quebrasse, pois afinal se trata de uma estrada federal. Automóveis e carretas são forçados a buscar caminho onde ele ainda se encontra, isto é, entre crateras lunares, invadindo a pista alheia e traçando um balé coleante que se vê com fascínio quando, por exemplo, o tráfego inteiro está de mão trocada por causa dos buracos. Porém mais fascinante ainda era o panorama das nuvens baixas em formação de cordilheira, como que imitando o terreno montanhoso. Vastidões se descortinavam quando a estrada ganhava altura. Eram cenários que me acudiam como visões soterradas por milênios, sob espessas camadas geológicas, e que agora voltavam à tona.

E eu já via passar os nomes que meu pai falava em noites de divagação, Araxá, Ibiá, Pratinha, como se de paragens míticas se tratasse. Mas o posto Xodó, logo depois de Ibiá, estava bem plantado na realidade chã e os caminhoneiros ali acantonados usavam chapelão e celular pendurado no cinto. No ponto onde a BR imbrica com o desvio para Campos Altos procurei com os olhos o lugar chamado Estalagem. Nesse lugar, quarenta e dois anos antes, meu pai e eu esperávamos o ônibus que nos levaria ao seminário de Luz, onde ele me confiaria aos padres. A estrada estava em obras e do outro lado da pista havia alguns buldôzeres parados entre as árvores; assustadores, como monstros pré-históricos em meio à névoa. Surpreendidos pela chuva e muito antes de saber que aquele destino falharia, tivemos de nos esconder no interior de um tubulão largado ali pelo pessoal da construtora, meu pai e eu, num momento de rara intimidade.

— Pare aqui um instante, eu disse a meu filho.

Desci e procurei com os olhos a planície onde esses buldôzeres deviam ter estado. Mas haviam posto abaixo as árvores e talvez também o morro que havia depois da planície. Estava tudo muito diferente. Entrei de novo no carro e mandei tocar.

A mancha branca de Campos Altos já se avistava ao longe, espremida entre morros, quando a paisagem permitia.

II

A fita de asfalto serpeia entre colinas suaves. Tenho dificuldade de adivinhar os contornos da paisagem. Tanta coisa mudou ou mudei eu? Percebo que não há força de inércia que resista a quatro décadas. Antes a estrada era de terra. E na entrada do povoado um grande *outdoor* se apresenta para dizer que "aqui se bebe água tratada pela Copasa".

E nem bem apontam os primeiros telhados, compreendo que são casas populares, um renque de construções iguais e pequeninas na beira da estrada. Homens, mulheres e crianças tomam sol do lado de fora. Também isso não havia. Mas depois dessa surpresa inicial avisto o galpão da escola, aliás dois, pois construíram um segundo ao lado do primeiro. E finalmente eis o Campo Alegre: já estamos na artéria que leva ao coração do lugar, que em minha imaginação (e em meus sonhos) sempre foi a Casa Rocha.

Na Casa Rocha (armarinho, tecidos, conveniências em geral) pergunto se a árvore em frente ainda é a mesma. O rapaz que está por trás do balcão, Luiz, informa que muito tempo atrás havia ali um flamboiã, mas que este envelheceu e no lugar foi plantado um marmeleiro. Luiz é filho de Geraldo, que há anos comprou o estabelecimento dos Rocha, conservando-lhe o nome na parede. Jogamos futebol juntos, Geraldo e eu, e me lembro dele como um zagueiro do estilo Bellini. Uma vez nosso time ficou encurralado num lugar chamado Coréia, sob a mira de armas, e isso durou enquanto não viraram o jogo em cima da gente. Foi Geraldo quem negociou o salvo-conduto.

Lembrei-me então do professor Tarciso.

— Onde posso encontrar o professor?

— Deve estar em casa. É a última antes da escola. Aliás, não: olha ele vindo ali.

Vi um homem se aproximar pedalando uma bicicleta. Subia lentamente a rua em aclive, sem olhar para lado nenhum. Chamei. Ele apeou, me estudou e arrastou a bicicleta na minha direção. Não me reconheceu de pronto, mas depois bateu a mão na testa e exclamou: "Ora essa, é o Zé Eustáquio". Era assim que ele me chamava. Mas depois que lhe entreguei o livro que levara para ele, um livro que traz meu nome na capa, corrigiu-se:

— Sem o Zé, é claro.

Rimos e nos abraçamos forte. Tarciso me emprestava livros e falava de autores fascinantes. Uma vez, ao me emprestar o *Satiricon* de Petrônio, advertiu: "Toma cuidado com esse. Não é para qualquer um, quanto mais para um menino". Fiquei maravilhado com a liberdade daquele romance escrito na Roma antiga, na era pré-cristã. Foi nele que aprendi o que era um livro moderno. Antes mesmo de ir para a escola de padres eu já começava a me desviar dela. Lembrei esse fato ao Tarciso e perguntei se ele tinha consciência disso. Riu de novo e coçou a cabeça tentando lembrar. Muita coisa ele havia esquecido, disse.

Peço a Tarciso que me ajude a encontrar a casa que foi de meus pais, a casa onde morávamos todos. Já não me era possível identificá-la na confusão de construções novas. Ele me leva até lá e nem precisamos bater palmas. Os novos moradores, dona Lázara e seu filho Leônidas, estão mesmo à porta. Somos levados para dentro e aí sim, o tempo me atinge com força. A casa é praticamente a mesma. Ali fica um quarto, depois o outro, e lá a cozinha, aonde se chega descendo dois degraus castigados pelos anos (já eram assim na época). Aqui havia uma janela e debaixo dela ficava a Elgin que minha mãe pedalava enquanto eu sonhava acordado de borco num banco de madeira. Depois é só descer mais dois degrauzinhos e cá está o quintal. Que também é o mesmo, salvo que dona Lázara (uma mulher de alegria solar) construiu de um lado um chiqueirinho e do outro uma cerca de tela onde ciscam galinhas. Reconheci algumas velhas árvores e depois vinha o campo, velho conhecido meu. Mas não vi traço do bosquinho de pés de embira onde uma vez construímos uma clareira e, dentro dela, um teatrinho de nudez. Escândalo! E eu só tinha nove anos.

E agora a escola. Tarciso quase me leva pela mão. Manda chamar José Maria, o diretor. Ele vem com a chave e abre a sala onde me sentei durante quatro anos. As janelas foram trocadas, mas me garantem que as paredes ainda são as mesmas. Toco nelas. A posição da lousa foi invertida: agora ocupa a parede que limita com o pátio. Que também não há mais: construíram salas novas onde o pátio existia.

No primeiro ano eu vinha a pé da roça, na companhia de dois irmãos, manhã cedinho, o sol beijando a picada. Imaginei o menino que eu era, sentado nesta mesma sala, o caderno e o livro de leitura abertos sobre a carteira. "Capinzeirinho", era o título de uma história que me fazia tremer de emoção. "O pequeno escrevente florentino", outra história. Eu receava o rigor de dona Maria Abadia, mas dona Maria Helena, sua irmã mais moça, compensava tudo com potes de doçura. "O menino da mata e seu cão Piloto". Sim, eu queria escrever daquele jeito. Jurei ser escritor um dia.

E talvez para provar a mim mesmo que afinal eu estava ali juntando as pontas de um mesmo fio, fui até o carro e apanhei um outro exemplar do romance que trazia no porta-luvas. Entreguei-o ao José Maria.

— Para a biblioteca da nossa escola, eu disse.

E ficou assentado, a partir dali, que aquela escola tinha um autor. Fiz votos de que viesse a ter outros, melhores e menos preguiçosos que eu.

III

O rancho de pau-a-pique há muito foi derrubado. Mas ainda hoje ele me aparece em sonhos. Moramos ali antes da compra da primeira casa de alvenaria. Uma vez, eu tinha então seis anos, uma das paredes de barro cedeu com as chuvas e veio abaixo com um ruído de coisa que se rasgava. Da tarimba onde estava deitado o dia clareou de repente. Abriu-se à minha frente a vastidão do pasto e vi-me em campo aberto. Aos berros chamei todo mundo para que constatassem a novidade espantosa.

Peço ajuda a Geraldinho Nunes, irmão de Tarciso, para precisar o local exato do rancho. Ele avança alguns passos e diz: "Era bem aqui". Tiãozinho, irmão mais moço dos dois, era novo demais para se lembrar. Agora, como eu, já passou dos cinqüenta. Geraldinho acabou de chegar num trator, em companhia de Tiãozinho e de Dolfe, seu cachorro. Reconheço-o de pronto: a expressão arguta plena de autoridade moral. Pergunto-lhe se se recorda do dia em que mediu minha altura com uma trena, contra a parede da Casa Rocha, e vaticinou que eu não passaria de um metro e setenta. Não se lembra, mas certo é que o vaticínio virou sortilégio. Nem a tanto cheguei. Agora, no lugar do rancho, há algumas árvores baixas. Estamos nos fundos de uma casa que emerge da vegetação.

Na varanda aparece uma mulher. Peço desculpas por invadir seu quintal. Experimento uma surpresa quando ela pronuncia meu nome e sobrenome, em tom de exclamação, e acrescenta:

— Eu leio suas crônicas todo domingo!
— Mas como! A *Metrópole* chega até aqui?
Não que chegasse. Ela é que morava em Campinas. Chamava-se Nária e passava os feriados de fim de ano na casa dos parentes do marido, Zé Reinaldo, "lembra-se dele"? Sim, eu me lembrava do Zé. Fiquei com um sentimento bom de destino que se cumpria: repentinamente alguém me chama pelo nome sob as ramagens que hoje cobrem o pedaço de terra que foi meu quarto. Há então um sentido em cada coisa acontecida? O horizonte que se descortinou para mim com a queda repentina da parede, há quase meio século, era uma metáfora de um futuro que agora eu podia ver em retrospectiva? Era o que parecia dizer Nária. Melhor não fazer conjeturas, eu disse a mim mesmo.

Depois da Casa Rocha, a rua se inclina em direção a um lugar chamado Patrimônio. Num cômodo de peça única julguei ver meu padrinho Otávio. Pedi a meu filho que parasse o carro. Era mesmo o Otavinho. Manejava uma frigideira e comia sentado numa banqueta de madeira. Levantou-se, pequenino, e tombou de lado a cabeça branca num esforço de memória. Quando o abracei e disse quem eu era, principiou imediatamente a contar histórias. Disse que o povoado tinha mudado muito. E que agora reinava ali uma séria divisão política. Pedi detalhes. Divisão? Entre quem e quem?

— Entre a esquerda e a direita, explicou.

Por causa disso até inimigos ele tinha agora.

— E o senhor, que partido toma?

— Eu sou da direita. Sou a favor dos americanos. Mas tem gente que não é. Gosta mais de Fidel Castro.

Descobri nele um humor que não dependia de circunstância. Quis saber a profissão de meu filho e quando ouviu que era engenheiro, passou a explicar como uma vez perdeu uma namorada porque se declarou engenheiro para ela, não um engenheiro comum, mas "engenheiro de rapadura", isto é, empregado de engenho ou mais propriamente de engenhoca. Por alguma razão a moça desgostou da conversa e foi uma pena, pois era uma boa moça, disse meu padrinho. Mas a piada era ainda melhor, concluiu rindo como um garoto.

Puxei pela memória dele. O padrinho se lembrava do dia em que me ensinou a dar tiro de garrucha? Ele não tinha lembrança nenhuma disso e até achou a idéia meio maluca, imagine ensinar tiro-ao-alvo a um menino pequeno. Mas a verdade é que quarenta e cinco anos atrás ficamos os dois mais de uma hora atirando num toco de árvore calcinada no meio do pasto. Ainda me lembro do cheiro da pólvora e do coice da arma. Aquilo ficou um segredo entre nós. Mas agora ele não tinha mais arma.

— Esqueça isso, menino. E não saia por aí dando tiros.

IV

A fita de asfalto. Em quinze minutos se está em Santa Rosa da Serra, a sede do município. Eu quis ver a igreja onde havia ajudado missa. Umas mulheres me indicaram a casa paroquial. Estranhei que elas dispensassem ao pároco o tratamento de "Dom". Dom José, disseram. Dom José Martins da Silva. Fui até lá e enfiei a cabeça pela abertura da janela. Dom José terminava de almoçar e uma copeira retirava a louça da mesa. Apresentei-me dali mesmo e disse a que vinha. Contou-me que durante vinte anos foi bispo e depois arcebispo de Porto Velho, capital de Rondônia. Uma doença coronariana o afastou das funções, além do calor amazônico que ele nunca suportou bem. O Vaticano aceitou sua renúncia e lhe deu essa paróquia pequena, tranqüila, onde esperava terminar seus dias. Indaguei de um pároco que servira ali muito tempo antes, um padre jovem chamado Luiz, para outros Luizinho, que depois se casou com uma paroquiana. Soube então que padre Luizinho tinha morrido cedo. O arcebispo só não sabia de quê. Lembrei-me das demonstrações de hipnotismo que padre Luizinho promovia. Reconheci a sala de jantar e me vi sentado ali, ao lado das jovens paroquianas, narcotizado pelas emanações que vinham delas, enquanto padre Luizinho convertia água em vinho branco.

Dom José se levantou pesadamente e me acompanhou ao interior da igreja. Achei que estava mais bonita agora que quarenta anos atrás. A pintura interna era nova e descansava o olhar. Os vitrais reluziam de tão conservados. Perguntei se eram os originais. Disse que sim, e que estavam assim conservados porque eram de fibra de vidro. Mas eu já não conseguia despregar os olhos da santa. Logo que a vi levei uma espécie de choque porque a lembrança de seu rosto lindíssimo me voltou de chofre. Como eu podia ter esquecido aquela expressão, os olhos, a boca? O arcebispo adivinhou a fixação do adolescente. Sorriu:

— Bonita, Santa Rosa de Lima, não é?

Embaraçado, admiti.

V

Imagens, vestígios, fragmentos da viagem telúrica: a plataforma da pequena estação de trens em Campos Altos, simétrica, elegante e, para mim, algo remota, cujos vagões de carga vão e voltam entre a cidade e o porto de Vitória (embarquei ali uma vez quando o trem ainda era de passageiros); um urubu domesticado que vimos de cócoras no meio da rua, perto da estação, indiferente aos jovens que promoviam ali uma festa; a capela do Campo Alegre, cuja construção meu pai chamou para si há quase meio século, mas que agora foi aumentada e ganhou uma torre e um novo sino; a tarde em que nos perdemos numa estrada secundária, quase intransitável, e a noite desceu de súbito com sua ópera de sapos e gemidos lancinantes de aves invisíveis; o jantar daquela mesma noite, num pequeno restaurante onde um garçom de 14 anos, de nome Luís Henrique, nos serviu uma comida saborosa ridiculamente barata que, a crer em suas palavras, ele mesmo preparou.

E também houve um momento ruinoso, no Hotel São José, quando eu me preparava para dormir e surpreendi uma espécie de baratinha descascada na parede do banheiro. Abati-a com uma chinelada só para descobrir, com a pungência dos velhos sentimentos, que ao cair e dobrar-se sobre si mesmo (coisa que as baratas não fazem) o inseto acendeu uma luzinha no baixo ventre e depois imobilizou-se. Então descobri, para vergonha minha, que tinha aniquilado um vaga-lume. Evitei pensar que morria ali, junto, o menino que eu fora, ao não ser capaz de reconhecer o coleóptero de minhas noites primevas e emitir assim a última luz da infância. Bobagem, eu me disse repelindo esse traço livresco da metáfora doentia. Apesar disso tentei ressuscitar o pequeno ser atirando sobre ele pequenas gotas d'água, o que resultou inútil.

E depois, na manhã seguinte, a tentativa frustrada de chegar ao socavão da serra onde fica o sítio que outrora foi de meu pai. A certa altura a estradinha de terra mergulhava no mato e desaparecia. Impossível, de carro, seguir em frente. Tinha chovido e o barro argiloso colava nos pneus. Tentamos um atalho no arruado do cafezal para terminar no espigão oposto ao declive que levava à língua de terra onde ficavam o rancho de sapé e a tulha. Ali deitado, quarenta anos atrás, eu lia antigos exemplares das *Seleções de Readers's Digest* e sonhava uma vida aventureira. Poderia ter prosseguido a pé morro abaixo, mas não o fiz. De repente a experiência da primeira infância não me pareceu tão importante assim. Houve uma espécie de enfado e voltei para o carro sem avaliar o erro que cometia. Tal qual o erro com o vaga-lume. Pagarei mais tarde por coisas como essas.

Depois, com o sol forte, o estirão de três horas até Luz, tempo suficiente para sonhar acordado com as coisas que esperava rever ali: o prédio do seminário onde estudei dos onze aos catorze anos, o palácio do bispo que era ligado ao pátio do seminário por uma escadaria lateral, a catedral de interior azul, a dois passos, cuja torre esguia beijava as primeiras nuvens. O que vi, contudo, foi o revés do sonho: o seminário, posto abaixo, era agora um salão paroquial e o pátio um estacionamento para reuniões de casais. Olho pela frincha do portão: tudo muito modificado, ressecado, desidratado dos fluidos do espírito. Mesmo assim, vejo passar as sombras de Dalmo e do Tião Pereira, mais atrás vêm Zé Paulo, Lucas e o pequeno Waldemir. "A palavra mais bonita é Pindorama", ouço dizer o Dalmo. "Alabastro", digo eu, desta outra dimensão do tempo. "São fotogramas", explica Lucas. "Não olhe", diz Pedro. O palácio está lá, como sempre, mas o bispo já não é o mesmo que um dia me ensinou a compor sonetos e a quem mais tarde desapontei bandeando-me para o verso livre. Morreu há vários anos, octogenário. Matracas tatalam. "Comunista", acusa Ademir. "Sou um dos prediletos de Nossa Senhora", defendo-me. A catedral ainda me parece bonita. Entro. Suave luminosidade emana de cada nicho. Em Minas, as catedrais e até as capelas remoçam com o tempo, porque a gente zelosa dali não deixa que a alvenaria e a pintura envelheçam. Passa, envolto em sombras, o inspetor de alunos: "Quem vem lá?", indaga. "O bibliotecário", respondo. "Ao vencedor as batatas", exclama Rubião. Nesse instante a bela Sofia desce de um tílburi e atravessa a rua cheia de sol. Eu me encaminho de volta ao carro, onde meu filho e sua namorada me esperam:

— Chega, eu digo. Vamos embora.

Quando alcançamos a estrada, uma fila de buldôzeres passava em sentido contrário, com suas lâminas e lagartas, como se a caminho de alguma demolição.

Outras Obras do Autor

Cavalo inundado (poesia), edição particular, Campinas, 1975.
Mulher que virou canoa (contos), L. Oren, São Paulo, 1978.
Os jogos de junho (novela), Editora José Olympio, Rio, 1981.
Hemingway: sete encontros com o leão (ensaio biográfico), Brasiliense, S. Paulo, 1983.
A febre amorosa (romance), EMW, S. Paulo, 1984; 2ª. edição, Geração Editorial, S. Paulo, 2001; edição russa, Любовная лихорадка, Soitologii Institut, 2005.
Jonas Blau (romance), Brasiliense, S. Paulo, 1986.
Ensaios mínimos (ensaios), Editora da Unicamp/Pontes, Campinas, 1988.
Os rapazes d'A Onda e outros rapazes (ensaio), Editora da Unicamp/Pontes, Campinas, 1991.
Um andaluz nos trópicos (reportagem biográfica), Secretaria de Cultura de Campinas, 1995; edição em espanhol, *Un andaluz en los trópicos*, Unibero, S. Paulo, 2001.
O mapa da Austrália (romance), Geração Editorial, S. Paulo, 1998.
O mandarim: história da infância da Unicamp (biografia), Editora da Unicamp, Campinas, 2006.
Viagem ao centro do dia (diário), A Girafa, 2007.

Este livro foi composto em
Adobe Caslon Pro, 10,5/14,5,
e impresso pela PROL GRÁFICA
sobre papel Pólen Soft 80g para a
GERAÇÃO EDITORIAL
em maio de 2007.